四肢奮迅

ししふんじん

乙武洋匡

おとたけひろただ

講談社

四肢奮迅（ししふんじん）

まえがき

「倒れないように、倒れないように」

私は頭の中で、その言葉を繰り返していた。

右足と左足を、数センチずつ、交互に振り出す。私の短い太ももが、片足四キロを超える義足を持ち上げる。

二〇一八年十一月九日、東京都江東区にある新豊洲ブリリアランニングスタジアムの六十メートルトラックで、私はいつもよりずっと長い距離を歩いていた。

足が重い。カーッと熱くなった肉体に緊張が走る。疲労がバランスをとりづらくさせ、身体に余計な力が入る。もう無理だ。身体が前のめりになる。

「あ、あっ！」と声をあげた。そばで待機していたマネジャーの北村公一が、完全にバランスを失った私の身体を受け止める。汗だくになったTシャツ。北村は、そのまま私をトラックに座らせた。

スタッフが大急ぎで駆け寄ってきた。メジャーを伸ばして、歩行距離を測る。

「七・三メートル！」

その声に、ワァッと周囲が沸き立った。全身を支配する虚脱感が、心地よい疲労感へと変わる。それは、そこにいる誰もが想像しないレベルの新記録だった。

私は、四肢欠損の状態で生まれた。だが、短い手足を使って、食事をすることも、字を書くこともできる。パソコンやスマートフォンを操作することもできるし、階段を上ったり、ボールを蹴ったりすることもできる。三歳のときから使っている電動車椅子で、日本中、いや世界中どこへでも飛び回ることができる。そんな私の生活のなかに義足が入ってくる余地はなかった。

大学三年（一九九八年）の秋に『五体不満足』が出版され、私の存在が世間に知られるようになっても、「義足を履いてみたら」と提案する人はいなかった。四肢のない私が電動車椅子を乗りこなす姿があまりに衝撃的で、義足を履く姿が思い浮かばなかったからかもしれない。

じつは、幼少期に少しだけ義足の練習をしたことがある。だが、うまくいかずに電動車椅子へと移行した。以来、私の生活に義足という選択肢が登場したことはなかった。

そんな私がいま、「義足」に挑戦している。

恐怖と重圧、そしてどこかワクワクする気持ちを抱えながら、はじめて自分の意志で「歩こう」としている。

「乙武（おとたけ）義足プロジェクト」——その依頼を受けたのは二〇一七年十月のことだった。だがここでは、時計の針を一気に四十年ほど戻すことにする。

『およげ！ たいやきくん』が大ヒットし、ロッキード事件で田中角栄（たなかかくえい）元首相が逮捕された一九七六年、まだ生まれて半年にも満たない私が、かつて東京都新宿（しんじゅく）区にあった東京都補装具研究所（ほそうぐけんきゅうじょ）を母と二人で訪ねるところから、私の義足物語は幕を開ける。

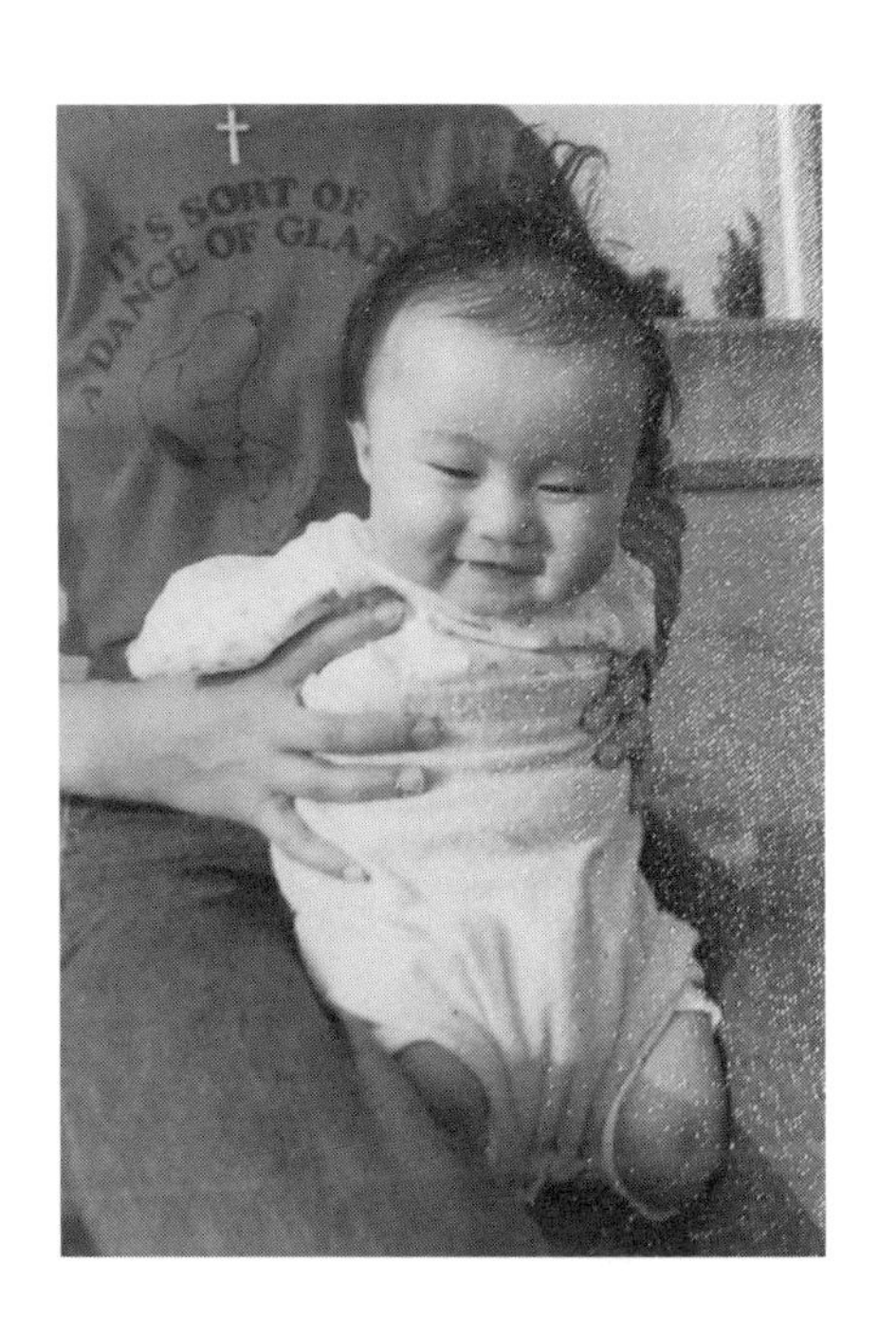

１９７６年春、母に抱かれて。

目次

第一章

「ぼく、義足はイヤだ！」

『頑張れヒロくん』

一九七六年四月六日。私は横浜赤十字病院（当時）で産声をあげた。

一般的な出産なら、生まれて一週間も経てば母とともに退院して自宅に向かうものだが、私には両手足がなかった。「先天性四肢欠損」というかなり奇抜な身体で生まれたため、生後一ヵ月間は、母と会うことすらかなわなかったのだ。

その一ヵ月は、母にショックを与えないようにするための配慮の期間だった。「黄疸が激しいから」という言い訳をつくって私だけが病院に残り、母は毎日母乳を届けるために通院するという日々が続いた。母乳を看護師さんに渡したら、そのままとんぼ返り。私の顔を見ることすらできないなんて不審に思ってもよさそうなものだが、超楽観的な母はその状況を疑うこともなく、私に会える日を心待ちにしていたという。

記念すべき対面の日。さすがに黄疸ではないことは事前に知らされていたものの、肝心の「両手両足がない」ことは伏せられ、「身体に少し異常がある」と伝えられただけで、母は私の待つ部屋へと向かった。

母は、両手両足のない私の姿を見て「かわいい」と笑顔でつぶやいた。

ショックで泣き崩れることも、目を背けることもなかった。

母は、わが子に会えた喜びを、そのひと言で私に伝えてくれた。

だが、初対面を果たしてからも、母子ともに自宅で暮らせるようになったわけではなかった。これだけ深刻な障害のある子をどのように育てればいいのか、両親には知識も準備もない。周囲から、まずは専門機関に身を寄せるように提案され、母と私は東京都板橋区にある「整肢療護園」という施設で暮らすことになった。

整肢療護園は、太平洋戦争中の一九四二年に日本で最初につくられた肢体不自由児のための施設だ。おもに身体に障害がある子どもたちが医療や教育を受け、職能を身につけることを目的に、国のモデル施設として運営されていた。

さまざまな障害児が通園・入園していた。たとえば脱穀機に巻き込まれて片腕をなくした子が一人で暮らしていたし、魚鱗癬という全身の皮膚がうろこ状や鮫肌状になる病気で入園している子もいた。

母と私には、個室が与えられた。ここにいれば、いつだって目を配ってもらうことができた。「普通と違う」といじめられたり、好奇の目に悩まされたりするリスクも少ない。母も自分と同じような「障害児を持つ親たち」と知りあうことができる。

しかし、母は「ずっとここにいても仕方がない」と思うようになったという。

「ヒロ（洋臣の愛称）はとにかくミルクを飲まない子だった。普通の子の半分も飲まないから、最初はすごく心配してたんだけど、ミルクを飲まないのは環境がヒロにあっていないからかもしれないと思うようになって。ヒロを見ていると、療護園ではなく普通の生活のなかで自由に過ごすほうが合っている気がしたの。療護園で過ごした三ヵ月は、そういうことに気づかされたことも含めて、必要な期間だったという気がする」

母は、家に帰る決意をした。

当時、両親は江戸川区西葛西にある2DKのマンションに居を構えていた。生まれて三ヵ月が経った暑い夏の日、ようやく私は自宅に戻り、両親と家族三人で暮らすことができるようになった。

「東京都補装具研究所」を紹介されたのもこのころのことだった。私が生まれる五年前に設立された肢体不自由者の補装具などを研究開発するための施設だ。すでに百六十人以上の子どもたちのリハビリテーションを行っていたが、私のような四肢すべてが欠損している子どもははじめてだったという。

研究所設立の背景には、高度経済成長にともなって増加する労働災害や交通災害、当時の社会問題となっていたサリドマイド薬害に起因する先天性の欠損、さらには成人病による足切断などが認知されはじめたという社会状況があった。

自宅での生活が始まった私は、義足や義手といった補装具の提供から、トイレや歯磨きの方法まで、補装具研究所によるさまざまなサポートと指導を受けることになる。もちろん、研究対象という側面があればこそのサポートだった。なにしろ、四肢すべてが欠損しているケースははじめてだったのだから。

私が一歳半になろうとしていた一九七七年秋。東京都補装具研究所では、私へのサポートに関わる重要な会議が開かれていた。長机がロの字形に置かれ、黒板の前の席には研究所所長で、当時のリハビリテーション医学の第一人者だった加倉井周一（かくらいしゅういち）先生が足を組んで座っている。紺のジャケットに赤いネクタイが映える。そのとなりには、白い丸襟のニットを着た母の姿。二人の左右には、医師や理学療法士、義足や義手を手がける技術者たちが向かいあうように着席していた。総勢八名。ピーンと張りつめた緊張感が漂っている。

机の上には幼児用の義足や義手が並べられ、出席者たちが補装具の使用や今後の訓練方法について語りあっていた。真剣にメモをとる人もいれば、腕を組んで考え込む人もいる。母は真剣な顔つきで議論に耳を傾け、ときどき頷く仕草を見せていた。

「小児切断プロジェクト」の全体会議だった。東京都補装具研究所は、開所以来はじめての四肢欠損児である私の研究を「小児切断プロジェクト」と名づけ、プロジェクトチームを立ち上げた。数々のオリジナルな補装具や自助具を作り、それにともなう訓練方法を指導してくれることになったのだ。

だが、生まれたばかりの私に無理やり義足や義手を使わせると、獲得できるはずの運動機能が身につかなくなってしまう可能性もある。だからこそ、定期的に私の身体の状態を確認しながら、各分野のプロフェッショナルたちが慎重に協議を重ねていく必要があったのだ。

さて、そろそろ、なぜ私がこれほどまでに生後まもない時期のことを詳細に書くことができるのか、その理由を説明しなくてはなるまい。母に話を聞いたことは言うまでもないが、母にしたって四十年以上前の光景を服装まで覚えているはずもない。

じつは当時の映像が残っていたのだ。

その映像には『頑張れヒロくん―四肢欠損児3歳10ヶ月の記録―』というタイトルがつけられていた。「企画・製作　東京都補装具研究所小児切断プロジェクト」というクレジット表記があり、研究所が開発した補装具を用いた練習や日常生活の風景などが克明に記録されている。撮影は私が小学校三年生になるまで続けられ、全三巻、のべ八十三分十六秒にまとめられていた。二巻には幼稚園での様子が、三巻には小学校での様子が収録されている。

交代で撮影してくれた研究所の先生方のなかに、私がとてもなついていた先生がいた。現在は帝京平成大学健康メディカル学部教授であり、理学療法学科の学科長を務める青木主税先生だ。当時の青木先生は、補装具研究所に所属する理学療法士として、私の義足の練習を担当してくださっていた。苦手な義足の練習でも、青木先生にほめられると、ついうれしくなって笑顔を浮かべてしまうのだった。

私は青木先生にお話を伺おうと大学の研究室を訪ねた。二十数年ぶりの再会だった。柔和な話し方や、どこか飄々（ひょうひょう）とした雰囲気は少しも変わらない。ひさしぶりに先生に会えることだけでも楽しみだったのだが、会うなり先生はこう切り出した。

「当時の記録映像があるんだよ」

四十年近く前の記録映像『頑張れヒロくん』が、パソコンで見られるというのだ。したがって、この章で紹介する幼少期のエピソードは、『五体不満足』には書かれていない、つまりは私の記憶には残っていなかったものばかりになっている。映像に触発されて蘇（よみがえ）る記憶もあった。「当時もいまも義足の練習方法はあまり変わらないじゃないか」と笑ってしまうこともあった。

補装具研究所で過ごした数年間は、まさに「元祖・乙武義足プロジェクト」と呼ぶべきものだったのである。

「元祖・乙武義足プロジェクト」

映像のなかの私は、畳に敷いた布団の上にパンツ一枚の姿で横たわっている。右にグルグル、左にグルグル。なんだかとても楽しそうに身体全体を回転させている。「もしかしたら寝たきりになってしまうかもしれない」と思っていた両親は、そんな姿にさぞかし安堵したことだろう。生後五ヵ月で寝返りが打てるようになるまでの私の成長曲線は、ごく一般的な赤ちゃんとほとんど変わらないものだった。

しかし、お座りができるようになるには、ずいぶん時間がかかった。座ろうとしても手足が短いうえに腹筋も弱いため、姿勢が安定せず、すぐに前に倒れてしまう。すると、母親がさっと腕を伸ばし、床に激突する直前で受け止める。そんなことの繰り返しだった。

一歳二ヵ月を迎えるころには、少しずつお座りができるようになり、ほどなくして「立つ」練習が始まった。だが、これも難関だった。手足がある子どもなら、まずはつかまり立ちからとなるが、私にはその「つかまる手」がないし、床に仁王立ちするための「足の裏」もない。当時の腹筋と背筋の力では、足の先端、いわゆる「断端」だけで立つのはかなり難易度が高かった。

「断端」と言われても、ピンとこない方がほとんどだろう。断端とは、切断された先端部分のことだ。私は生まれつき両手両足が欠損した状態で生まれてきているので、正確に言えば「切断された部分」など存在しないのだが、とにかく私には両手の先端部分、両足の先端部分、あわせて四つの断端がある。

さらに言うと、左足が右足より三センチほど長く、左足の断端は右足の断端に比べて丸みを帯びている。反対に、右足の断端はななめに切れていると言えばいいのだろうか、内側から外側にかけて大きく削られたような形になっている（写真162ページ上）。つまり、左右の差が三センチもあるうえに右足の断端がかなり尖っているため、断端部分を支えにして立ち上がるのがむずかしかったのだ。

そんな私のために登場したのが、「スタビライザー」と呼ばれる、姿勢を安定させるための補装具だった。

新聞半ページ大ぐらいの板の上に、太ももまですっぽり入るような筒状の器具がついている。私を抱きかかえた母が、ゆっくりとスタビライザーに私の両足を入れる。腰のベルトをぎゅっと締める。はじめのうちは不安げに上半身を揺すっていた私だが、だんだん慣れてくると、私も母も笑顔になった。クマのぬいぐるみを私に向ける母。それを見上げてニヤッと笑う私。その様子を見た母が、眉を下げて微笑み返す。

私が生まれてはじめて「立った」瞬間だ。

映像を見ながら、私はいつも裸に近い格好だったことに気づく。母に理由を尋ねると、「あなたはとても汗かきだったから、服を着ないで練習していたのよ」という答えが返ってきた。皮膚の表面積が少ないせいで、人よりも発汗量が多くなるという説明を医師から受けたこともあるが、いまでも汗かきであることは変わらない。それから、何かうまくできたときに浮かべる「やったぜ」と言わんばかりのドヤ顔が、いまもこのころも少しも変わっていないことも映像から確認できた。

その後スタビライザーは、「スタビー」と呼ばれる短い義足に切り替えられた。義足の根元の筒状のところに断端を挿入するのは変わらないが、スタビーは足先が靴のようになっていて、足を振り出せば歩ける構造をしている。だが、腹筋が弱い私には立ったままの状態でいることがむずかしく、とても足を振り出すことなどできなかった。すると、スタビーが改良された。身体をスタビーに固定させるためのコルセットを腰に巻き、足底をひと回り広くすることで、なんとか立つことができるようになった。

補装具研究所はなかなかのスパルタだ。立位が安定したと見るや、すぐに平行棒につかまりながら歩く練習が始まった。研究所の先生に腰のあたりを支えてもらいながら、短い腕を平行棒に乗せるようにして、一歩ずつゆっくりと歩いた（写真39ページ上）。

一歳半にして、はじめての二足歩行である。大きくて平べったい足をカシャンカシャンと振り出す姿は、まるでおもちゃのロボットみたいだった。私は週に一回のペースで補装具研究所に通い、平行棒の助けを借りながら、足を交互に振り出す練習に励むことになった。

義足の練習と並行して、義手の練習も行われた。

一歳五ヵ月ではじめて義手をつけた。クリーム色の硬質な素材でできた腕の先に、指の代わりになるプラスチック素材の三本のフックが装着された義手だ。力の弱い私でも使いやすいように、軽量でシンプルな構造になっている。本のページの端にフックをひっかけてめくったり、テープで固定したペンを動かして絵を描いたり、お菓子を挟んで口に運んだり、そんなことができるようになった。

この義手に慣れたところで、「能動（のうどう）義手」が登場する。今度は、自分の意思で指を開いたり閉じたりすることができる機能が備わっていた。肩甲骨を開いたり閉じたりする動きが、義手に組み込まれたゴムの伸縮と連動する仕組みになっているのだ。練習はパズルゲームから始まった。小さなピースを挟むのはけっこうむずかしかったが、次々とステージをクリアしていくゲームのような感覚がおもしろくて、夢中になって取り組んだ。

二歳になる少し前には、食事の自助具も使うようになった。両手の断端にぴったりと吸いつく吸着式のソケットだ。先端についている金具にフォークやスプーンを装着すれば一人で食事ができた。フォークを歯ブラシに付け替えれば、歯だって自分で磨けた。洗面台のへりに座って自分で歯を磨き、口をゆすぐときだけ母に水の入ったコップを口元に運んでもらった。

ピーター・パンのフック船長のような手になって、なんだかうれしく感じたのもつかの間、今度は肘（ひじ）の曲げ伸ばしができる能動義手が登場した。だが、片手あたり六百五十グラムの義手は、二歳の子どもには重すぎた。すぐに二百二十グラムの改良品が用意された。今度はたやすく操作できる。木製のパズルで遊んだり、ボールを投げたり、ボードに空（あ）いている小さな穴に紐を通したり、そんな動作ができるようになった。

家族で外出するようになると、「装飾用」の義手と義足が用意された。肩から先をすっぽり包むような、肌と同じ色の義手。その先には五本の指がついていて、一見、義手だとはわからない。太ももを包み込むように装着した義足も、上から長ズボンを穿いてしまえば、義足と気づく人はいなかった。

だがこれらは、何かをつかんだり歩いたりできるわけではない、あくまで装飾用のものだった。当時はまだ、そこまで人の目を気にする時代で、幼いころの私は、こうした「飾り」をつけた姿で両親にベビーカーを押されていたのだ。

そう言えば、補装具研究所に通う子どもたちと千葉の九十九里浜へ海水浴に行った映像もある。海には入らなかったが、黒い水泳パンツに装飾義手といういでたちで砂遊びを楽しんでいる。肩からだらりと下がった腕を身体全体で器用に動かし、動かない指先を操りながら砂山を作っていた。

二歳になると、江戸川区役所葛西児童センター（当時）内の育成室に通うようになった。

育成室とは、心身の発達に心配や遅れのある子どものための保育園のような施設で、幼稚園に入園するまでお世話になった。

だが、ここに通う子どもたちの多くは知的にも障害があり、おしゃべり好きな私には円滑なコミュニケーションを図ることがむずかしかった。そんな私にとって育成室での生活はいささか物足りなかったようで、先生とばかりおしゃべりをしていたそうだ。両親はそんな私の様子を見ているうちに、私を養護学校（現在の特別支援学校）ではなく、地域の子どもたちと同じ学校に通わせたいと思うようになったのだという。だが、健常者と同じ環境で過ごすには、やはりスムーズに移動できることが必要だった。

二歳七ヵ月になると、本格的な歩行訓練が始まった（写真39ページ下）。身体の成長につれて両足立ちができるようになってきたので、それまでより高い、足部をより靴の形に近づけた義足で練習をするようになった。

すると、私の映像から笑顔が消えた。それまではどんな練習をしても子どもらしい笑顔を振りまいていたのに、口をへの字に結んでムスッとした表情をしている。義手の練習とは大違いだ。二歳の記憶なんて残っていないはずなのに、義足の練習をさせられたときの不快感だけは、いまでも鮮明に覚えている。

なぜ、それほどまでに義足の練習がいやだったのか。

義足の練習ではつねに転倒の恐怖を感じていた。人の助けがなければ歩けるようにならないだろうと、子どもながらに感じとっていたのかもしれない。それになんといっても、ゲームのようで楽しかった義手とは違って、義足の練習は平行棒の間で三メートルほどの距離を往復するだけの、とても単調なものだったのだ。

もう一つ理由があった。

いつしか私は、義足がなくても移動ができるようになっていたのだ。

ちょうど義足の練習を始めたころの映像には、補装具研究所のプレイルームで、パンツ一枚になってお座りをしている私がいた。母は二メートルほど離れた位置に哺乳瓶を置く。すると、私はミルクを飲みたい一心で太ももまでしかない短い両足を交互に動かし、お尻をすりながら前に進むのだった。

母が持っている輪投げのおもちゃを取りにいく場面もあった。どうやら母は、私が興味を覚えそうなものを利用しながら、巧みに私の運動能力を引き出してくれたようだ。

自分の足である程度の移動ができるようになっていた私にとって、義足は足枷（あしかせ）のように感じられたのだろう。

「義足は倒れそうで怖いな」

「平行棒の間でしか歩けないよ」

映像に映る私の憮然とした表情は、そんな気持ちをじつによく伝えている。

それでも歩行訓練は続いた。平行棒は葛西児童センターの育成室にも備えられていて、週に一度、理学療法士の先生が来てくれては義足の練習が行われた。補装具研究所の先生方はそれほどまでにきめ細かく指導にあたってくれていたのだ。


三歳の夏になると、新たに膝が曲がる義足が登場した。

最先端の技術が詰まった義足だったが、私としてはげんなりだった。膝が曲がることでより普通の人間に近い歩行が可能になるのだが、歩いている途中でガクッと膝が曲がればかえって転倒の危険性が増すことになる。この時点ですっかり義足への意欲を失ってしまっている私にとって、膝が曲がる義足はあまりに高度すぎた。

平行棒の間に立つ。先生が私の腰のあたりに手を添え、腰を左右に振る動き、左右の足を振り出す幅などを指導してくれる。膝がガクンと折れないように、踵から先に着地するよう教えられる。

「最初は十センチぐらいの歩幅だよ。少しずつね」

私は返事もせずに先生に視線をやる。

足が前に出ない。むっとした表情のまま、平行棒の間で身体がぐらぐらと揺れる。無理に踏み出そうとしたその瞬間、膝が折れて転びそうになり「ああっ！」と叫んで平行棒にしがみつく。すかさず後ろから先生の手が伸びてきて、私を抱きかかえてくれた。

平行棒の外でも練習は続く。先生に正面から肩を支えてもらい両足を交互に振り出すのだが、完全に腰が引けている。腹筋が鍛えられていないのだから無理もない。足が外に向いてしまったり、踏み込んだ左足の膝が折れて倒れそうになったりする。

「ぼく、義足はイヤだ！」

そう言わんばかりの表情で、私は平行棒に寄りかかった。


そんな日々に、救世主が現れた。電動車椅子だ。

吹く風が心地よい秋晴れの日、母とともに東京都補装具研究所を訪ねると、そこには完成したばかりの子ども用電動車椅子が用意されていた。

子ども用といっても、いま私が使っている電動車椅子と機能的な遜色はほとんどない。

座席が上下に移動することと、右手側に走行を操作するコントローラーがついていることの二大特徴は、この一号機から備わっていた。

義足の練習とは大違いで、私の表情にもワクワク感がみなぎっている。

電動車椅子がこれからの長い人生の相棒となることを知ってか知らずか、私は興味津々の表情で座席に腰を下ろし、胸のあたりを安全ベルトで固定した。操作方法を教わるのももどかしげに、習うより慣れろでコントローラーのレバーを手前に倒す。グウィン。私を乗せたマシーンは勢いよく走りはじめた。

建物の外に出た。駐車場には、いくつものぬいぐるみが等間隔に並べられている。当時、私がいちばんかわいがっていたウサギのミミちゃんもいる。「ほら、ミミちゃんにぶつからないようにしないと」と母が言うものだから、私はその子たちを避けるように、初日からSの字走行をすることになった。

熱中するうち、ぐんぐん操作性が上がっていく。楽しくて仕方がない。

あっけないほど短時間で電動車椅子の操縦法をマスターした私は、駐車場での練習が終わるとそのまま正面入り口の自動ドアから研究所に入り、エレベーターに乗り込んだ。狭いエレベーターの中でUターンを決めて左隅のポジションに収まるやり方なんて、いまの私とまったく同じだ。

時速三キロの電動車椅子。これに乗れば、転倒の恐怖など感じることなく、楽々と前に進むことができる。子ども心に、一気に自分の世界が広がったような気がした。

もう義足はいらない。

義足の練習はやめよう。

三歳の秋、母と私はそう決意した。

「L字形」の身体

一九八〇年、四月。四歳になった私は、三年保育の幼稚園に入園した。世田谷（せたが や）区深沢（ふかさわ）にある世田谷聖母（せいぼ）幼稚園。それを機に、私たち家族は江戸川区西葛西から世田谷区用賀（ようが）のマンションに引っ越すことになった。

健常者の子どもたちと同じ環境で、私の幼稚園生活が始まった。ヘンテコなマシーンを巧みに乗りこなす私は、当然みんなの注目の的となった。

入園式の当日から、電動車椅子を操作する私のあとをみんながもの珍しそうについてくる。「ヒロくん、ちょっと乗せてよ」とせがまれたりして、すぐになかよくなれた。

教室の中では、車椅子を下りて自分の足で歩いた。左右の足を交互に振り出しながらお尻で進む歩き方は、もうお手のものになっていた。

幼稚園に入っても、補装具研究所の指導は続いた。

夏休みには、着替えの練習が始まった。先端にフックがついた棒が二本、私の肩の高さに備えつけられている。フックにTシャツの裾をひっかけて頭を抜く。その逆に、フックにかけられているTシャツに首をつっこみ、肩から胸へ、胸からお腹へと徐々にTシャツを下ろしていく。ただ、あまり実用的ではなかったようで、私はいまでも一人で衣服の着脱をすることができない。

義足で歩く練習も多少は続けていたし、義手で字を書く練習もしたが、どれもあまりうまくいかなかった。家や幼稚園の中なら自分の足のほうが、外に出かけるなら電動車椅子のほうが圧倒的に便利だったし、字を書くのも頬と腕の間にペンを挟んだほうが、速く上手に書けた。

そんな私の身体を異変が襲った。年長組に上がる直前のころ、腕の骨が伸びて断端をつきやぶりそうになり、触るととても痛くなってきたのだ。

両腕の骨を削る手術が必要になったが、ただ骨を削るだけではまた伸びてしまう。それを食い止めるためには、骨盤の軟骨を移植しなくてはならないということだった。

入院したのは板橋区の心身障害児総合医療療育センター。生まれた直後に三ヵ月間お世話になった整肢療護園がこの年から施設を拡充して名称を改め、より高度な障害児向けの医療機関として生まれ変わっていたのだ。

八時間にも及ぶ手術は成功した。しばらくの間、肩と腕はギプスでグルグル巻きの状態が続いたが、傷口が落ち着くと、断端を床について腕立て伏せのような格好をしても、もう痛くなかった。


六歳の秋、幼稚園最後の運動会では「全員リレー」に出場することになった。

注目度ナンバーワンの種目だ。張り切るしかない。補装具研究所の青木先生にお願いして、研究所の裏の芝生で十メートル走の練習を繰り返した。

「十三秒五！　ヒロ、自己ベスト記録更新だぞ！」

ゴールラインを越えると、ストップウォッチを持った先生がタイムを教えてくれる。私はいまもむかしも、ほめられて伸びるタイプだ。「すごいぞ」と言われるたび、私はぐんぐんタイムを更新していった。

そして迎えた幼稚園最後の運動会。昭和の大ヒット曲、水前寺清子（すいぜんじきよこ）さんの『三百六十五歩のマーチ』が流れるなか、全員リレーが始まる。

青いたすきをかけた私は第一走者だ。スタートダッシュを決めなくてはならない重要な役目である。

号砲とともに、リレーのバトンを腕と頬の間に挟み、全力を振りしぼった。足を交互に出し、地面を蹴る。いいぞ、いまのところトップだ！　このままバトンパスまで頑張るぞ！

待機する次の走者にバトンを渡す瞬間、ほかの三人の選手が一気に駆け込んできた。四者ほぼ同時にバトンパス。

「え、そんなに速かったの？」と不思議に思われるかもしれないが、そこには『五体不満足』でも紹介した「オトちゃんルール」が存在していた。私の走る距離は、ほかの走者の三分の一。だいたい同じようなタイミングで第二走者にバトンが渡るように、私の走る距離はあらかじめ調整されていたのだ。

残念ながら、わがチームが何位だったのかは記憶にないが、保護者席で応援してくれていた父と母の声援は、いまも耳に残っている。

卒園式でも、二本の短い足は大活躍をしてくれた。

「乙武洋匡」

「はいっ！」

白シャツに紺のジャケットと半ズボン。幼稚園の制服を着て講堂に整然と並んだ椅子に座っている私は、自分の名前を呼ばれて元気に返事をすると、椅子から下りて壇上に向かっていく。お尻を引きずるようにして前に進み、小さな段差は短い右足を軸にして、左足を大きく振り出すようにして上る。

園長先生は、卒園証書を持って私の前まで歩み寄ってくれた。少しかがんで、卒園証書を差し出す。

私は、卒園証書を胸と顎で挟むと、そのまま深くおじぎをする。壇上から自分の席へと、ふたたびお尻を引きずりながら戻っていく。父と母は、じっと私を見つめていた。園長先生は静かに涙を流し、白いハンカチで眼鏡の奥を拭っていた。

式が終わると、大きな拍手のなかで壇上に向かって深くおじぎをし、ぴょこぴょこといつもより少し速めのお尻歩きで、みんなといっしょに列になって退場した。

振り返ってみても、私はいじめられたことがなかった。それは友達や先生に恵まれていたということもあるだろうし、私があまりにも堂々としていたからということもあるかもしれない。

もどかしい思いをしなかったわけではない。幼稚園に入ってから、そういう場面は一気に増えた。でも、だからといって落ち込むような性格でもなかった。とにかく私は、生意気で図々(ずうずう)しかったのだ。

世田谷区立用賀小学校に入学したのは、一九八三年四月のこと。私の電動車椅子は、時速三キロから四・五キロにスピードアップした。新品のランドセルを車椅子の背もたれに背負わせると、新しい生活への期待で胸が弾んだ。

入学式では、これからお世話になる担任の高木悦男(たかぎえつお)先生に挨拶をした。高木先生は五十代後半のベテラン教師。『五体不満足』を読まれた方ならご記憶にあるかもしれないが、両手両足のない私をいっさい特別扱いせず、ほかの子どもたちと同じように育てる、とてもきびしい、しかし愛にあふれる先生だった。

自慢の電動車椅子は、学校内では使用禁止。どこへ行くにも自分の短い足で歩いたし、階段も自力で上った。音楽の授業のリコーダーは、二人羽織(ににんばおり)のようにして私が息を吹きこみ、友達が指を動かした。鉄棒の逆上がりは、ジャングルジムのいちばん低いバーにつかまり、身体を前後に大きく振る練習をした。給食当番になれば、容器に入ったみかんを一つずつ肩と頬の間に挟んでクラスメイトに手渡した。

ところで、小学校や幼稚園時代の自分の映像を見ていて、気づいたことがある。教室で勉強している姿、家で遊んでいる姿、電動車椅子に乗っている姿、どれも私の身体は「L字形」になっている。背筋を伸ばして身体が「I字形」になっているのは、まだ幼稚園に入る前に義足の練習をしていたときだけ。私が大嫌いな時間だけだったのだ。

さらに思い当たることがあった。私はいまも仰向(あおむ)けに寝ると、自然と腰から下が浮き上がってしまう。だから、足の下にクッションを置いたり、壁に向かって両足を立てかけたりして眠るのだ。四十年以上、身体がつねに「L字形」になっていたので、それがいちばん楽な体勢なのだろう。

そんなことを考えていたら、大嫌いだった水泳の授業のことを思い出した。一年生の六月、体育の授業は水泳になった。もちろん高木先生は見学などさせてくれない。ほかの子と同じように水着を着てキャップをかぶり、プールに入った。

といっても両手両足のない私にはクロールも平泳ぎもできるはずがなく、高木先生に短い腕をつかまれ、プールの端から端まで連れていってもらうのが精いっぱいだった。水に顔をつけるのが怖かった。体育は好きだったが、水泳だけは勘弁してほしかった。

だが、補装具研究所の先生方は、別の観点から水泳の重要性を感じていた。「L字形」の私が身体の能力を維持し、拡張していくためには、水中の全身運動で股関節に刺激を与え、身体を「I字形」にしていくことが重要だと考えていたのだ。その考え方は、義足の練習にも通じるものだった。

夏休みに入るころ、研究所の青木先生らに連れられて水泳の集中特訓を受けた。場所は、神奈川県横須賀(よこすか)市にあるスイミングクラブ。喘息(ぜんそく)や自閉症などに悩む子どもたちの水泳指導を行うことで知られたクラブだった。

スクール初日に、スイミングクラブの先生はこんなことをおっしゃった。

「腰をまっすぐ伸ばす感覚を身につけることが、ヒロくんにはとても大事なんです」

ここでの水泳の練習は、水への恐怖心を取り除くことから始まった。水に慣れるため、両端に浮力の高いボールをつけた長さ七十センチぐらいの棒を両脇に挟み、身体を浮かせた状態で足をばたつかせて前に進んだ。平行棒につかまって義足の練習をしていたときと、身体の伸び具合がよく似ている。

スイミングクラブの先生に身体を支えられながら、うつ伏せになったり仰向けになったりして水に浮かんでいると、自然に身体が「I字形」になってくる。だが、先生の支えや浮き具がないと、水中の私はローリングしてしまう。手足が短いせいだ。できるかぎり身体をまっすぐに伸ばすようにと言われ、短い手足を精いっぱい伸ばすことを意識する。すると、だんだん浮いた状態をキープできるようになっていった。繰り返し練習して「浮く」感覚をつかみ、水への恐怖をなくしていった。

高木先生は、わざわざ横須賀にまで来てくださった。スイミングクラブの先生から、水中での私の身体の扱い方を習いたいからと、みずからプールに入って自分の息子ほどの年齢のコーチに指導を仰いだのだ。

「L字形」と「I字形」の問題は、それから四十年後の「乙武義足プロジェクト」であらためて浮上することとなる。「L」と「I」――それは古くて新しい、私にとっての重要なキーワードなのである。

生後まもなくから小学校三年生までの九年間、さまざまなシーンで補装具研究所のお世話になった。私の将来を考えて、義足をはじめとする数多くの器具を作り、指導にあたってくれた。

ただ、ここまで書いてきたとおり、私は義足や義手の助けを借りなくても自分の身体で多くのことができるようになっていた。義足をつけて歩くよりも、座った姿勢でお尻を引きずりながら歩くほうがスムーズだったし、義手でやるよりも、腕と頬を使ってペンやスプーンを持つほうが精緻な動きが可能だった。電動車椅子だけは自分の足だと感じるほど不可欠な存在になっていたが、多くの補装具や自助具は実生活で使うまでには至らなかった。

青木先生は四十年前を振り返り、こう語ってくれた。

「じつは、ヒロくんが義足でスタスタ歩けるようになるとは研究所の誰も思っていなかったんだよね。ただ、練習することには意味があってね。直立できるんだ、足で歩けるんだ、という自信をつけさせたかった。そこに、『東京都補装具研究所小児切断プロジェクト』の大きな意味があったんだ」

義足で歩けるようにはならなかったが、このときの練習によって培(つちか)われたものは、たしかにその後の私の日常生活に大きく役立っているように思う。

さらに四十年後、このときの経験がより具体的に生かされる日が訪れるとは、私はもちろん、補装具研究所の先生方も予期していなかったに違いない。

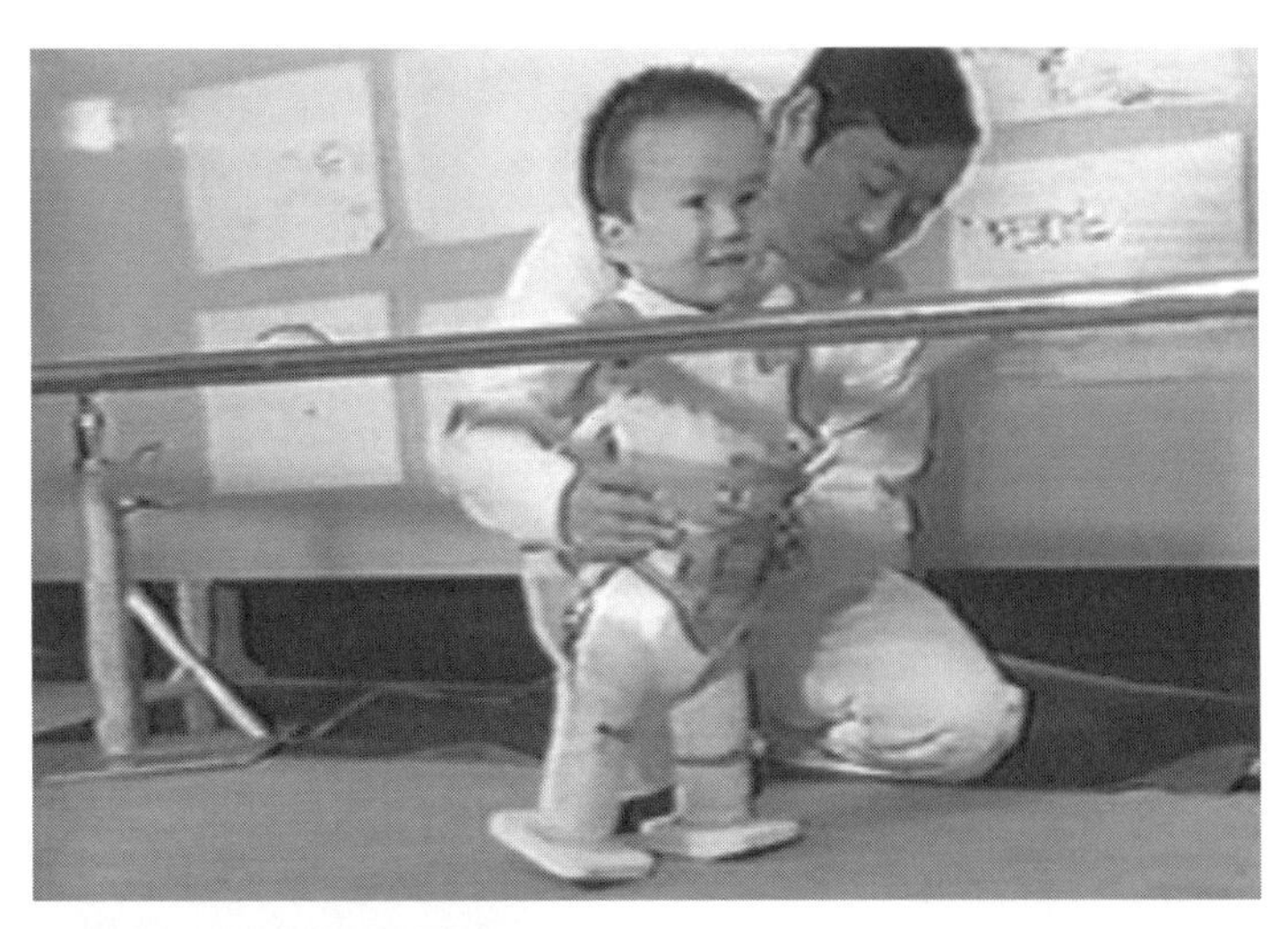

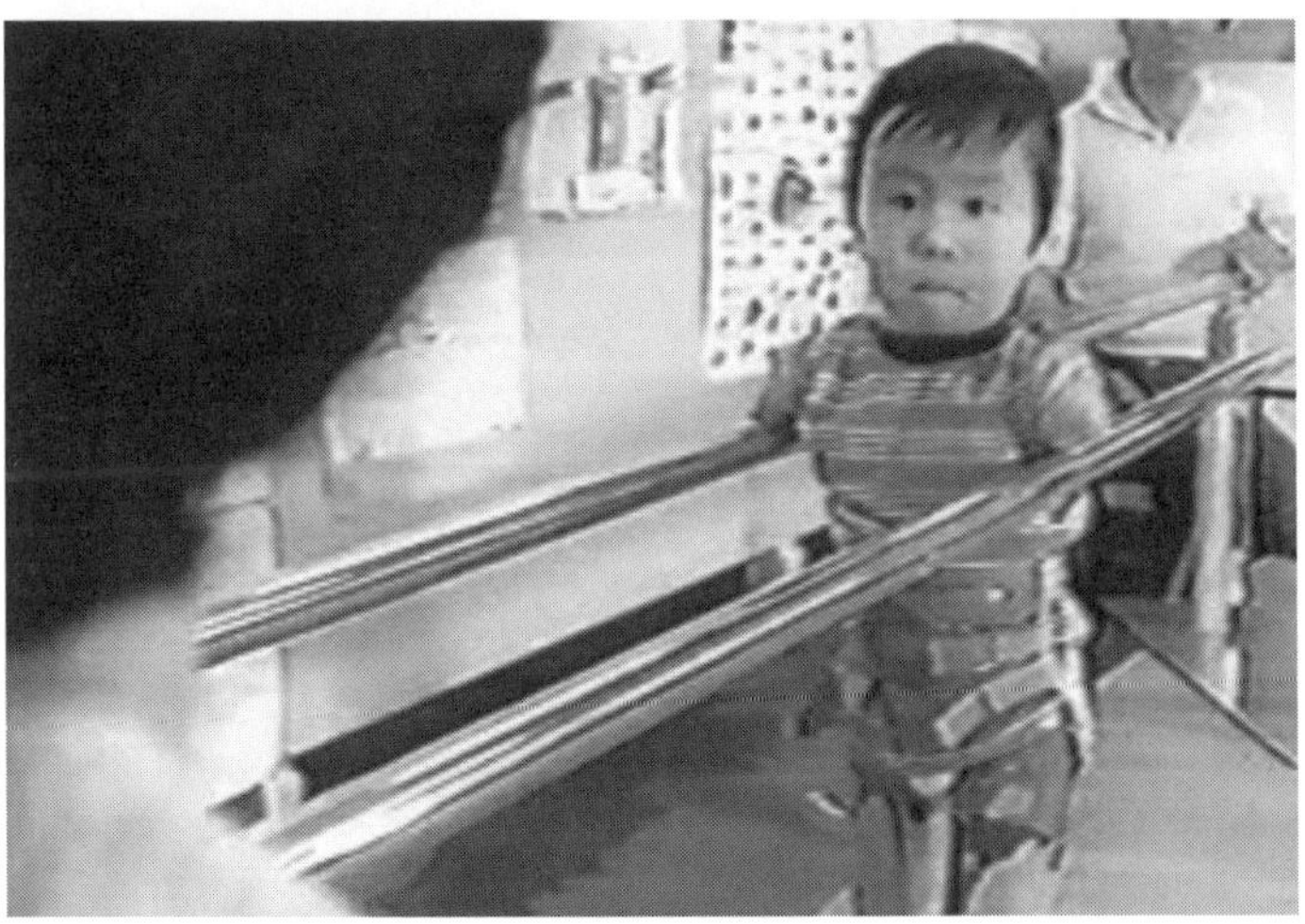

はじめての二足歩行（1歳半、上）と、笑顔が消えた本格的な歩行訓練（2歳7ヵ月、下）。
――『頑張れヒロくん―四肢欠損児3歳10ヶ月の記録―』より

第二章

義足エンジニアとの出会い

「下駄」を履かされた日々

足がないのに、子どものころから「下駄」を履かされ続けてきた。

「歩けるなんてすごいね」

「字が書けるなんてすごいね」

「自分一人で食べられるなんてすごいね」

周囲と同じことをしているはずなのに、なぜか私だけがほめられた。子どもながらに、その「なぜか」を必死に考えた。

答えは、わりとすぐに出た。

あなたは障害者だから何もできない――。多くの人の胸の内には、そんな前提が横たわっている。だから、手も足もない小さな子が目の前で車椅子から下りて歩きだしたり、肩と頬の間にペンを挟んで字を書きはじめたりすると、人々は目を見開いて驚き、そして惜しみない賞賛の言葉を注いでくれたのだ。

そのカラクリに気づいてしまうと、私は人々がかけてくれる賞賛の言葉を素直に受け取れなくなってしまった。もっと正確に言えば、言葉の根底にある「障害者だから何もできない」という前提に反発を覚えるようになってしまった。

そこでまた考えた。私は健常者と同じことしかできていない。だから自分だけがほめられることにモヤモヤするのだ。ならば、健常者よりも秀でたことができるようになればいい。そうすれば、きっとそのほめ言葉を素直に受け取れるようになるはずだ。

そして私は、努力するようになった。

大学三年の秋に『五体不満足』が出版されて多くの人に知られる存在になってからも、基本的にその構造は変わらなかったように思う。私は「立派な人」とされてしまった。けれど、自分自身がたいした人間でないことは痛いほどよくわかっていた。だから、聖人君子のようなメッキを剝がされる前に自分から剝いでしまおうと、ずいぶん露悪的に振る舞った時期もあった。だが、そうした振る舞いは意味をなさなかった。テレビ番組でも、雑誌の記事でも、そうした要素はすべてカット。世間から抱かれるイメージは「清く正しいだ。

「乙武クン」のままだった。そんな虚像が長期間にわたって一人歩きを続けてきたのには、やはり私の境遇が大きく影響しているのだろう。「障害者なのにこれだけ頑張っている」というバイアスが、幼少期に引き続いて、私にとてつもなく高い下駄を履かせ続けたのだ。

この下駄とは一生つきあっていかなくてはならない。そんなあきらめにも似た思いを抱いていたが、思わぬ形で決別する機会が訪れた。

二〇一六年三月。数ヵ月後に控える参議院選挙への出馬が取り沙汰されていた当時、私生活でのスキャンダルを暴露する記事が週刊誌に掲載され、世間からの集中砲火を浴びた。申し開きできることではまったくないし、するつもりもない。多くの方々に迷惑をかけてしまったことは事実だし、とても申し訳なく思っている。

ただ一つ、改悛（かいしゅん）の情とはまた別の次元で、当時から抱いていた思いがある。批判を承知で吐露させてもらうとすれば、「私刑とはじつにいい加減なもの」ということだ。

この年、私と同様に週刊誌のターゲットとなった著名人は数多くいた。しかし、その扱われ方はさまざまで、まるで何ごともなかったかのようにメディア出演を続ける人物もいれば、その後の人生設計に大きな変更を余儀なくされるほどのバッシングに遭った人物もいた。その量刑の基準は明文化などされておらず、すべてが世間の「さじ加減」に委ねられていた。

このさじ加減は、言ってみればギャップの大きさに強く影響されていたように思う。「いかにも」と思われていた人物ほど傷が浅く、「意外だ」と思われていた人物、言い換えれば「誠実」「清楚」などのイメージを付与されていた人物ほど火柱が高く上がった。犯した罪の重さは同じでも、与えられる罰の重さは人それぞれだった。

私は、後者に属した。人々の抱くイメージが「清く正しい乙武クン」だったのだから無理もない。これまで長年にわたって履いてきた下駄を脱がされ、そしてその下駄で思いきり頭を殴られた。私が履いていたのは硬くて重い鉄下駄だったことを、そのときはじめて知った。

被害者ぶるつもりは微塵もない。叩かれて当然のことであり、繰り返しになるがそのことについて申し開きをするつもりもない。ただ、これまで履かされてきた下駄が、今度は凶器となって襲いかかってきたというだけの話だ。

「障害者なのに」と賞賛され、「障害者のくせに」と非難される。正直に言えば、うんざりだ。障害があろうがなかろうが、車椅子に乗っていようがいまいが、私から生み出された結果そのものを見てほしい。バイアスとか、色眼鏡とか、カテゴライズとか、私の人生につきまとって離れない影法師のような存在を、私はずっと煩わしく、そして忌々しく思ってきた。たとえ他者から「恩恵を受けてきただろう」と冷水を浴びせられたとしても。

しかし、いくら私が嘆いてみても、いくら私が叫んでみても、おそらくは生涯この影法師から逃れることはできない。いつか手足が生えてきて、健常者としての人生を生きるなんてことは起こらない。私は死ぬまで障害者として生きることになる。そうである限り、人々は私を「障害者だ」と認識し、私を「障害者として」評価するだろう。

ならば、すべてを引き受けて生きていくしかない。恐ろしいまでの粘着力で貼りつけられたレッテルをみずから剝がすことができないのならば、そのレッテルとともに生きていくしかない。それを覚悟と呼ぶ人もいれば、あきらめと笑う人もいるだろう。なんと言われようとも、そうして生きていくしかない。


真っ白な日々が続いた。スケジュールは、明日も、明後日も、一ヵ月後も、一年後も、何も入っていなかった。

大学を卒業してからの私は、スポーツライター、小学校教諭、東京都教育委員、講演活動、テレビ出演、映画出演、保育園経営――さまざまな世界で忙しく動き回ってきた。次々と舞い込む仕事を隙間なく詰め込み消化していくスケジュールは、いわばゲームのテトリスのようなものだった。

小学校で教師を務めたことが一つの契機だったかもしれない。金銭的に恵まれた境遇に生まれた人もそうでない人も、障害がある人もない人も、男性も女性も性的マイノリティの人も、誰もが自分の意志で自分の道を選択することができる社会、多様性のある社会を実現したい。そのためにできることを一つ一つ進めていきたい。そんなことを考えるようになった。そして、その思いに沿って活動の場を広げてきたつもりだった。

しかし、人生が一変した。

二十四時間、自宅から一歩も外に出ることのない生活が続いた。テレビをつけても、インターネットに触れても私の悪評ばかり。できるのは、本を読むこととリビングでＤＶＤを観ることぐらい。自分がこれから社会復帰をして、以前と同じように原稿を書いたり、講演に呼ばれたりする姿は、どうしても思い描くことができなかった。

逆境をポジティブに切り抜ける術(すべ)には絶対の自信を持っているつもりだったが、今回ばかりは前向きになれる要素を何一つ見つけることができずにいた。人生の折り返し地点にようやく達した年頃だったが、まるで社会的な死を宣告されたような気分だった。

その年（二〇一六年）の秋ごろ、以前からたびたび出演させていただいていた『ワイドナショー』（フジテレビ）のプロデューサーから連絡が入った。松本人志（まつもとひとし）氏、東野幸治（ひがしのこうじ）氏がレギュラー出演するフジテレビの情報番組だ。

いまの生活と心境を語ってほしいというオファーだった。いつものようなスタジオ収録ではなく、松本氏や東野氏らが私の自宅を訪ね、インタビューしてくださるという。騒動から八ヵ月。このテレビ出演で批判が再燃するかもしれないという不安はもちろんあったが、私は偽りのない気持ちをお話しさせていただくという選択肢を選んだ。

十一月の『ワイドナショー』出演以来、メディアからのオファーがぽつぽつと入るようになった。ただ、メディアが求めるのはあくまで「ゲスな乙武さん」だった。多様性のある社会を実現するために発言する乙武洋匡は、もうまったく必要とされていなかった。

私はそうした状態でメディア出演を続けることに迷いを感じはじめた。もともとタレントになりたくてテレビに出ていたわけではない。伝えたいことを伝えられる場として、メディアに出ることを選んでいた。だが、その「伝えたいこと」を封印され、ただ道化師を演じろと言われるのならば、メディアに出ることにはさほど意味がないのではないか。

そうしたジレンマに悩まされれば悩まされるほど、以前から抱いていたある思いがむくむくと頭をもたげてきた。それは「いつか海外で暮らしてみたい」という願望だった。以前の私はあまりに仕事が忙しく、海外に生活の拠点を置くなど夢物語でしかなかったが、これだけ仕事のない、スケジュールが余白だらけの状況なら、夢物語だとあきらめていた思いを現実のものにできるのではないだろうか。

私はマネジャーの北村に相談をした。

「四月から、しばらく海外に拠点を移したいと思ってる」

北村はとくに驚いた様子もなく、ただ期間について尋ねてきた。

「しばらくって、どれくらいですか？」

「ひとまず半年間。できれば一年くらい……」

仕事が少しずつ舞い込んできたタイミングで海外へ行くとなれば、また状況がリセットされてしまう。事務所を切り盛りする、いわば番頭のような立場である北村からすれば、とんでもない話だ。当然のように反対されると思っていた私の耳に、しかし北村は意外な答えを返してきた。

「ええんちゃいます？」

関西人の彼は、拍子抜けするほどあっさりと海外行きを承諾してくれた。こうして私は北村の許可を得て、一年間で三十七ヵ国をまわる旅に出ることになった。

ロンドンでは多くのパラリンピック関係者に会い、ロンドン大会（二〇一二年）を成功に導いた責任者の話を聞き、陸上競技の金メダリストにお目にかかる機会を得た。LGBTの祭典「プライド・イン・ロンドン2017」に参加したのも楽しい思い出だ。

ポーランドでは、アウシュヴィッツを訪ねた。古都クラクフから電車で二時間弱。ナチスドイツが建設したアウシュヴィッツ＝ビルケナウ強制収容所では、大量虐殺で数百万人のユダヤ人が犠牲になったが、障害者や同性愛者も同じ目に遭っていたことを知った。

パレスチナ・ガザ地区の難民キャンプも訪ねた。下水の臭いが漂う街。良質な漁港でありながら仕事を奪われている漁師たち。一日三、四時間しか電気が使えない生活。いつ再開されるかわからない空爆の恐怖に怯（おび）える、難民キャンプの住人たちの話に耳を傾けた。

思い出は、ほかにもたくさんある。

ニューヨークではアメリカンフットボールの最高峰リーグであるＮＦＬの試合を初観戦し、キューバでは首都ハバナの原色の街並みを楽しんだ。エジプトではピラミッドやスフィンクスにカメラを向け、インドのヴァラナシでは極彩色に満ちた「ホーリー祭」に参加した。

そして二〇一七年十二月、私はメルボルンにいた。それまで七年連続で「世界でもっとも住みやすい都市ランキング」一位に輝いていたオーストラリア第二の都市。何がそんなに住みやすいのか実際に暮らしてみればわかるだろうと、六週間滞在してみることにしたのだ。

「ここに移住したら、どんなに快適な生活が送れるだろう」

メルボルンでの生活が始まると、そんな思いが芽生えてきた。

とにかく景観が美しい。美術館やスポーツ施設も充実している。人種差別を感じることもなければバリアフリーも進んでいる。アジア人が多いせいか、レストランの味付けも日本人である私の口に合う。日本からの直行便もあり、四季もあり、時差もほとんどない。文句のつけどころを見つけるのは、とてもむずかしいことだった。

だが、滞在も二週間が過ぎ、三週間目にさしかかったころから、今度はまた別の思いが私のなかで湧き上がってきた。

「このまま異国の地で何不自由ない生活を送る人生は、私にとってほんとうに満足のいくものになるだろうか？」

手と足がない人生は、多くの課題と向きあい続ける人生だった。四十年以上、ずっとハードモードの設定で生きてきた。いや、スーパーハードモードと言っていいのかもしれない。これからはイージーモードでのんびりと——そんな選択肢を現実のものとしてイメージしたとき、私の頭に浮かんだのは「退屈」という言葉だった。自分でも驚かされた。

私は考えた。

これからあと半分以上も残っているだろう人生を、どこか物足りなさを感じながら異国の地で生きていくのか、逆風吹き荒れる日本で再チャレンジするのか。そう考えた私は、迷わず、後者を選択した。

そして、日本に帰ってきた。

つくづく面倒臭い性分だと思う。

ただ、私が日本に帰ってきた理由はそれだけではなかった。

この旅路の間に、ある「オファー」があったのだ。

乙武洋匡サイボーグ化計画

その「オファー」について説明するには、まずは彼との出会いについて語る必要がある。

週刊誌報道の直前まで、私は当時リクルートが運営していた『R25』というウェブメディアで連載対談のホスト役を務めていた。毎回さまざまなジャンルのトップランナーの話を聞くなかで、彼と出会ったのだ。

遠藤謙氏。

一九七八年、静岡県沼津市生まれ。ソニーコンピュータサイエンス研究所に所属し、ロボット技術を用いた身体能力の拡張を研究するエンジニアだ。その一方で競技用義足の開発を進め、義足アスリートをサポートする株式会社サイボーグ（Xiborg）の代表も務めている。

サイボーグは二〇一四年に設立された。陸上競技用の板バネ義足は、アイスランドのオズール（:OSSUR）とドイツのオットーボック（ottobock）の二社が圧倒的なシェアを誇っており、パラリンピックなどの大会では、日本人選手を含めほとんどの選手がいずれかのメーカーの義足を使っていた。しかし、二〇一六年のリオデジャネイロ・パラリンピックでは、この二社以外にサイボーグの義足も使われた。

リオデジャネイロ大会でサイボーグの義足を使用したパラアスリートは、陸上短距離の佐藤圭太（さとうけいた）選手。右足に下腿（かたい）義足（膝下（ひざした）の部分から装着する義足）を装着して、男子百メートルと男子四×百メートルリレーに出場。四×百メートルリレーでは銅メダルを獲得した。設立からわずか二年のベンチャー企業が製作した義足が銅メダルに貢献したことは、国内外で大きく報じられた。さらに翌年、サイボーグは、佐藤選手と同じ下腿義足の男子百メートル全米選手権チャンピオンであるジャリッド・ウォレス選手と契約を結ぶなど、一気に存在感を強めている。

ここ数年、陸上競技の世界では革命的ともいえる下克上が起きている。

二〇一五年十月、カタールで開催された世界パラ陸上選手権の男子走り幅跳びで、ドイツのマルクス・レーム選手が八メートル四十センチの記録で優勝した。この記録は、三年前のロンドン・オリンピックの優勝記録である八メートル三十一センチを上回った。これは、もしレーム選手がオリンピックに出場すれば、金メダルを獲得できる可能性が高いということを示したものだった。テクノロジーによる義足の進化と、それを装着するアスリートの肉体の進化が、障害者と健常者の境界線を曖昧にするレベルにまで達したことは、世界に大きな衝撃を与えた。

衝撃は、その後も止まらない。二〇一八年七月、レーム選手は日本の群馬県前橋市で行われたジャパンパラ陸上競技大会で八メートル四十七センチの世界新記録をマーク、さらに一ヵ月後にドイツのベルリンで開催されたパラ陸上ヨーロッパ選手権では、八メートル四十八センチまで世界記録を伸ばした。

サイボーグの設立には、私の友人である為末大氏も関わっていた。二〇〇一年と〇五年、世界陸上競技選手権の四百メートルハードルで銅メダリストとなった為末氏だが、設立当時に彼が語っていた印象的な言葉がある。

「義足アスリートにとって、片足切断なのか両足切断なのかは大きな違い。左右のバランスを考えると、両足切断、つまり両足とも義足のほうが走りやすいんです」

両足がない人よりも、片足でも「みずからの足」がある人のほうが優位のように思えるが、テクノロジーと肉体の進歩により、走ることに適した義足が開発されれば「両足ともないほうが優位」という逆転現象が生じるというのだ。

さらに驚かされるのは、片足の義足アスリートたちが抱くひそかな願望だ。アスリートとして「少しでも速く走りたい」という欲求に魅せられた彼らのなかには、「残る片足を切断してしまいたい」と願う人が存在するという。生まれた時点で一本も与えられなかった私としても興味をそそられる話だ。

ただ、為末氏からこの話を聞いたときの私の反応は、「へえ、そうなんだ」という程度のものでしかなかった。両手両足がないくせに、なんとも他人事(ひとごと)だったのだ。私はアスリートではないし、ふだんは電動車椅子で生活をしている。幼少期に訓練を受けて以来、義足で歩くなど考えたこともなかったせいかもしれない。遠藤氏と出会うまでは。

遠藤氏と対談をしたのは二〇一六年三月、ようやく桜の蕾(つぼみ)がふくらみはじめたころだった。

学生時代は二足歩行ロボットの研究をしていた遠藤氏が、なぜ義足エンジニアになったのか。搭載したセンサー、人工知能、小型モーターなどにより人間の歩行に近い状態を再現する「ロボット義足」とはどういうものか。テクノロジーが進化することで義足と世の中がどう変わるのか。そんな話をたくさん聞いた。

もちろんパラスポーツの話もした。障害者が健常者に競り勝つ未来はすぐそこまで来ているかもしれない。そんな話の流れで、ごく軽い気持ちで質問した。

「私は太ももまでは足があるのですが、最新の義足はそれでも装着できるものですか」

遠藤氏の返答は、まったく予期しないものだった。

「勝手で恐縮だったのですが、じつは以前『異能（inno）vation』という総務省が実施する人材育成プログラムに応募して、『乙武洋匡サイボーグ化計画』というプロポーザル（提案）を書いたことがあるんです」

「ええっ！」

乙武洋匡サイボーグ化計画——。私のあずかり知らぬところで、そんな計画が企てられていたというのだ。

遠藤氏は大まじめだった。東日本大震災から二ヵ月後のゴールデンウイーク、仙台（せんだい）の日本製紙クリネックススタジアム宮城（みやぎ）（当時）で行われた、プロ野球の「楽天」対「西武」戦で、私は始球式を行ったのだが、遠藤氏は私がマウンドからベンチまでグラウンドをスタスタ歩く姿をユーチューブで見て、「あ、義足で歩けそう」と感じたのだという。

そこで、私はこう切り出した。

「じつは、いまでこそ『乙武といえば電動車椅子』というイメージが定着していると思いますが、幼稚園に上がる前くらいまでは義足の練習をしていたんです。まわりの大人たちが、将来的には義足で歩けたほうがなにかと便利だろうと考えたみたいで。でも、まだ幼かった私にとって、それはそう簡単なチャレンジではなく、ちっとも歩ける気がしなくてやめてしまったんです」

すると遠藤氏は、最新の義足事情を教えてくれた。

「義足が急速に進化しはじめたのは、つい最近、ロボット工学の研究やテクノロジーが進みだしてからのことです。乙武さんが義足の利用を断念したのも、ひとえに技術が未熟だったためですが、今後は少し事情が変わってくるのではと思います」

そして、遠藤氏は「このまま乙武さんが義足をあきらめてしまうのは、悔しいなあ」とつぶやいたのである。

「悔しいなあ」――私はその言葉にエンジニアとしての強い矜持（きょうじ）を感じた。

統計によると、下肢切断という障害を抱える人は日本だけで六万人もいるそうだ。多くは高齢者、たとえば糖尿病などで足を切断した人で、彼らは欠損した状態のまま生活したり、車椅子を使ったり、義足を使ったりして生活している。

「四肢のない乙武さんが、ロボット義足を装着して、健常者と同じように颯爽（さっそう）と街を歩けば、とてつもないインパクトを世の中に与えられると思うんです」

遠藤氏の言葉は、次第に熱を帯びていった。

対談も終盤にさしかかると、遠藤氏はこんな言葉を投げかけてきた。

「いつか予算が獲得できて、このプロジェクトが本格的に動きだしたら、ぜひ協力してくれませんか」

私はとっさにこう答えていた。

「いいですね。運動神経は悪くないほうだと思うので。テクノロジーの力を借りてどこまで歩けるようになるのか、個人的にも興味があります。それまでお腹（なか）が出ないように、気をつけなくちゃ！」

バスケ部の後輩とインドの少女

遠藤氏はなぜ、「義足」にこれほどまでの情熱を傾けるのだろうか。遠藤氏の思いにも、やはりある人物との出会いが大きく影響していた。

二〇〇〇年十一月、世界初の本格的な二足歩行ロボット「ＡＳＩＭＯ」が発表された。右足、左足、右足と足を交互に出しながら進むＡＳＩＭＯを見て、慶應義塾大学理工学部四年生だった遠藤氏は「自分もこんなロボットを作ってみたい」と興奮した。翌年、大学院に進むと二足歩行ロボットの研究にのめりこんでいく。宇多田ヒカルのプロモーションビデオに出演したロボットの開発に関わったこともあった。

研究者としての実績を積み重ねるなか、大学院卒業の前年、遠藤氏の人生を一変させる出来事があった。静岡県立沼津東高校バスケットボール部の四歳年下の後輩・吉川和博氏の左膝が骨肉腫に冒されていると知ったのだ。足の切断もありうるとの診断だったが、腫瘍部分を取り除き、膝の骨を切除し、人工関節を入れる手術を行った。しかし癌（がん）は肺に転移し、人工関節の痛みも消えなかった。

吉川氏はまだ二十一歳だった。学年は離れていたが、「謙さん、謙さん」と人なつこく話しかけてくるかわいい後輩だ。「大学で何をやっているんですか？」と聞かれて人工知能とロボット研究について話したとき、「すごいですね！」と目を輝かせて熱心に耳を傾けていた姿が忘れられなかった。

化学療法に苦しむ吉川氏を「なんとかして励ましたい」と思った遠藤氏は、病院に吉川さんを見舞ったとき、パソコンに保存してある二足歩行ロボットの動画を見せた。後輩を勇気づけることになると思ったからだ。それは、頭まですっぽりと収まるコックピットから二本の足が伸びていて、手元のジョイスティックで操縦を行うロボットだった。

「こんな研究が進んでいるよ。和博を乗せたいな」

遠藤氏はそのロボットが歩く近未来的な動画を見せながら、そう言った。

足がなくても、自在に移動できる未来はすぐそこまできている。遠藤氏なりの励ましだったのだが、吉川氏の反応はかんばしくない。

「でも、僕は自分の足で歩きたい」

この言葉はショックだった。「自分の足で歩きたい」という吉川氏の思いと自分の研究の間には、高い壁が存在していると痛感した。

その日以来、遠藤氏は強く願うようになった。

「和博の役に立つものを作りたい」

人型をしたロボットの研究をやめた。

ASIMOに憧れてロボットの世界に飛び込んだ遠藤氏だったが、大切な後輩の望みをかなえるために、義足の世界へ大きく舵を切ったのである。


二〇〇五年、慶應義塾大学大学院博士課程の修了を待たずに、遠藤氏はマサチューセッツ工科大学（MIT）に留学した。MITは、コンピュータの分野で数々の業績を残し、ノーベル賞受賞者を数多く輩出していることでも知られる、米国ボストン近郊にある名門私立大学だ。

彼がこの大学を選んだのは、ロボット技術を用いた義足歩行研究の第一人者、ヒュー・ハー教授がいたからだった。ハー教授自身、両足に下腿義足を使用している障害者だ。十七歳のとき、登山中の凍傷で両足の膝から下を失い、医者から二度と登山はできないと宣告された。しかし、彼はその言葉を受け入れずにロッククライミング用の義足を自作し、いまも登山を楽しむ強者(つわもの)である。

遠藤氏がハー教授から聞いたという言葉が、いまでも私の頭に残っている。

「君たちの足はやがておとろえていくだろう。だが、私の足は年々進化していくんだ」

この言葉を聞いた遠藤氏は、「『五体不満足』の乙武さんと似たようなメンタリティの持ち主だな」と思ったそうだ。

ハー教授の名言は、これだけにとどまらない。

「障害者というものは存在しない。ただ身体的障害を克服するテクノロジーがないだけなのだ」

そんな信念を持つ教授のもとで、遠藤氏は研究に取り組んだ。

たとえば二〇〇七年にハー教授が発表した「ＭＩＴパワード・アンクル」は、足首部分にモーターとセンサーが搭載され、地面を蹴る足首の動きを再現することができた。歩く速度や地面を蹴る力を自動認識し、従来の義足よりもずっとスムーズに歩くことが可能になった。しかし、この義足を使うためには、重さ一キロの電源を背負って歩かなくてはならず、バッテリーは三十分しかもたなかった。

遠藤氏はこのパワード・アンクルの先を目指す研究に取り組んだ。従来の義足は、残存する肉体各所の力で義足を前に押し出す仕組みになっていたが、それが使用者の大きな負担となるため、健常者の歩行と比べて疲労を感じやすいという欠陥を持っていた。そのことはハー教授と二人で街を歩くときにも感じていて、同じ速度で同じ距離を歩いても、教授だけが玉の汗をかいているということがよくあったのだ。

遠藤氏は、人間の歩行を徹底的に解析した。その結果、「歩行とは足を前に出すことではなく、足で地面を蹴り出すこと」という仮説にたどりつく。遠藤氏はその仮説に基づき、歩いても疲れない義足を目指して改良を重ねた。そして二〇一〇年、モーターやバネなどの部品を可能な限り小さく軽量化したハイテク義足の発表にこぎ着けた。

この義足をつければ、限界まで軽量化されたモーターの力で地面を蹴って進むことができた。センサーが感知した歩行速度は、装着した人に「自分の足で歩いているみたいだ」と言わしめた。この研究成果により遠藤氏は、二〇一二年、世界でもっとも歴史ある科学技術雑誌の一つ、MITが発行する『テクノロジー・レビュー』誌の「若手イノベーター(革新者)三十五人」に選出された。

だが、そんな遠藤氏でも、留学当初は世界最高レベルの研究にまったくついていけなかった。そのプレッシャーから突発性難聴になってしまい、泣きはらす夜が続いたというのだ。いまの潑剌とした遠藤氏の姿からは想像もつかない。

心が折れかけた遠藤氏を奮い立たせたのは、このときもまた吉川氏だった。

吉川氏のブログを開くと、「未来のイメージ」というタイトルで新しい記事が掲載され、足の切断を決意したことが綴られていた。

「切断せざるをえない切断ではなく、切断しない道もあるけど切断です。（中略）もやもやと煮え切らないものが無いわけじゃない。（中略）でも、今俺は、義足を履いた自分の未来をイメージできる。なら、きっとできるさ！」

遠藤氏は「和博のために」というモチベーションに支えられ、それまで以上に研究に没頭するようになった。

世界最高レベルのロボット義足の研究と格闘していた遠藤氏は、並行して価格問題に取り組みはじめる。ハイテク義足は一本数百万円と高価で、誰もが手に入れられるものではなかったのだ。

ある日、遠藤氏はＭＩＴの友人からインドの義足事情を聞いた。インドでは、義足使用者が三百五十万人、義足を求める潜在人口は一千万人とも言われ、もっとも義足が必要とされる国の一つと考えられている。感染症や事故で足をなくす人があとを絶たないインドでは、義足の価格は三十ドル程度とのことだった。さっそくインドの義足を取り寄せたが、その三十ドルの大腿(だいたい)義足（太もも部分から装着する義足）はせっかく膝関節の部品がついているのに、とても壊れやすく危険なものだった。

自分が研究しているロボット義足とのギャップにショックを受けた遠藤氏は、「インドに行かなくてはならない」と決意し、プラスチック樹脂製の膝関節を完成させた。地面に足をついた瞬間に膝折れすることがなく、あぐらをかくことが多いインドの生活スタイルに合わせて、膝が百二十度まで曲がるものだった。

遠藤氏はその膝関節を大量に携え、インドへと向かった。

首都ニューデリーの南西二百六十キロにある古都・ジャイプル。人口三百万人の大都市に、世界最大の義足提供NGO「ジャイプル・フット」の本拠地がある。毎日百足以上の義足を作り無償で提供している、いわば世界最大の義足製作センターだ。インド中から足を失った人が集まってくる喧噪(けんそう)のなか、遠藤氏が診療所に膝関節を持ち込むと、ジャイプル・フットのスタッフがいっせいに表情を輝かせた。

　遠藤氏はその日、十歳の少女のために義足を作ることになった。左足を膝の上から失ったアンジェリーだ。四歳時にトラック事故で重傷を負って以来、ずっと松葉杖で暮らしている。右足だけでぴょんぴょんと跳ぶように歩く彼女は、「義足ができたら大好きなバレーボールをやりたい」と言って微笑んだ。

　設備も整わず機材もそろわないジャイプル・フットの診療所で、遠藤氏は現地の義肢装具士たちの協力を得て、アンジェリーの義足をわずか四時間で完成させた。

「これがあなたの義足だよ」

　そう言ってできたての義足を手渡すと、アンジェリーは「ありがとう」を笑顔で表現してくれた。このときの表情が、いまも忘れられないと遠藤氏は言う。

「ちゃんと歩けるのかな」

　義足をはじめて使うときは、その感覚に慣れるため、まずは手すりにつかまって歩いてみるケースがほとんどだが、彼女は早く歩きたい気持ちを抑えきれず、なんの支えもなしに一人で歩きはじめた。少しぎこちなくても、六年ぶりに両足で歩くアンジェリーの左足は、たしかに「自分の足」だった。

　遠藤氏はその後も、ジャイプル・フットのために膝関節の改良を重ねている。最新バージョンの膝関節は、足が地面につく瞬間は曲がらず、足が地面から離れる瞬間に曲がるように調整されている。

人間の歩行に限りなく近いロボット義足。多くの人が使いやすい安価でシンプルな膝関節を使った義足。ＭＩＴ時代の遠藤氏は、大きな二つの成果を達成した。

七年の歳月を経て日本に戻ってきた遠藤氏は、「ＴＥＤｘＴｏｋｙｏ(テデックストーキョー)」という成果発表の場に立った。「ＴＥＤｘ」は、広げる価値のあるアイディアを共有するために世界各地で生まれているコミュニティーで、「ＴＥＤｘＴｏｋｙｏ」は米国以外では最初の「ＴＥＤｘ」として、二〇〇九年以来、毎年開催されている。

遠藤氏のスピーチのタイトルは「足の再定義」。義足研究の成果と方向性を思う存分に語った。

話が終盤にさしかかると、遠藤氏は「私の友人を紹介したいと思います」と言いながら、後ろを振り返った。すると壇上に、吉川氏が現れた。最新バージョンのロボット義足を履き、満面の笑みでスタスタとやってくる。遠藤氏と吉川氏がうれしそうにハイタッチをすると、客席からうねりのような拍手の波が押し寄せてきた。

遠藤氏はスピーチの最後をこんな言葉で結んだ。

「（この義足は）まだプロトタイプ（試作品）に過ぎません。テクノロジーを使って、足りない余白をワクワクで埋めることのできるエンジニアになりたいです。みなさんの助けになりたいと考えています」

遠藤氏は、その後も新しい挑戦を続けている。ロボット義足のセンサーやモーターはどんどん小型化し、デザイン性も高まった。東京パラリンピックに向けた競技用の板バネ義足の製作も最終段階を迎えている。

「視力が弱い人の補助具として出発した眼鏡は、いまではそのことを忘れてしまうほどおしゃれになり、完全に世の中に定着しています。補装具である義足も、眼鏡と同じように街で見かけることが当たり前になる世の中を目指したい。そして、東京パラリンピックはそのきっかけになるはずです」

「東京パラリンピックでなんらかのメッセージを受け取った人たちから、新時代のフロントランナーが出てきてくれればうれしいですね。テクノロジーには社会変革の触媒となる力が潜んでいる、僕はそう信じています」

そう語る遠藤氏の言葉からは、エンジニアの責任と誇りが強く感じられる。

遠藤氏との対談から一年半が過ぎた二〇一七年十月、海外生活を続けていた私のもとに一通のメッセージが届いた。

「乙武さん、予算がとれました」

私には一瞬、なんのことかわからなかった。一年半前に語っていた「乙武サイボーグ化計画」は、遠藤氏のなかで生き続けていたのだ。

対談のときには、なかば社交辞令のように「いいですね」と答えていたが、まさかほんとうに実現するとは……。

「日本に一時帰国するタイミングで、ぜひお話を聞かせてください」

私はそう書いて、送信ボタンを押した。

「やりましょう」

二〇一七年十月十三日、朝八時。私は都内のホテルのティールームにいた。一年間の旅の途中だったが、このときはいくつか打ちあわせが必要な用件が重なり、一時帰国していたのだ。遠くから、懐かしい顔と見たことのある顔、二人が向かってくるのが見える。遠藤氏と、筑波大学図書館情報メディア系准教授の落合陽一氏だ。

今回のプロジェクトは、文部科学省が所管する科学技術振興機構（JST）の「CREST」という研究プログラムから助成を受け、ソニーコンピュータサイエンス研究所が進めるものだ。研究テーマが大学などの研究者から提案され、それが認められれば予算が下りて研究が進められる仕組みになっている。

遠藤氏は、落合氏が率いる「クロスダイバーシティ（x Diversity）」というプロジェクトの共同研究者の一人として名を連ね、「乙武義足プロジェクト」を提案した。

クロスダイバーシティが目指すのは、「計算機によって多様性を実現する社会に向けた超ＡＩ基盤に基づく空間視聴触覚技術の社会実装」。思いきりわかりやすく言うと、「超高齢社会の多様な社会課題をテクノロジーで解決する」ということだ。私に白羽の矢が立ったのは、私が義足で歩くことは、障害者が身体能力を拡張するだけにとどまらず、社会変革の契機になると考えられたからである。

落合陽一氏と会うのは、その日がはじめてだった。

研究者、メディアアーティスト、ベストセラー作家……じつに多くの顔を持ち、メディアの寵児（ちょうじ）としても活躍している落合氏だが、「はじめまして」と言いながら気さくに笑う彼の表情に、それまでメディアを通して抱いていた「とっつきにくさ」のようなものは少しも感じられなかった。

「対談のときに話していた乙武プロジェクト、ついに予算がとれまして」

遠藤さんは、どこかすでにウキウキした様子だった。それはそうかもしれない。私はなかば社交辞令とはいえ、すでに一度承諾しているのだ。彼のなかで、もうプロジェクトは動きだしているのだろう。

朝の静かなラウンジで、私は彼らのプロジェクトにかける思いを聞いた。

遠藤氏は、こう力説した。

「乙武さんが二本の足で街を歩くなんて、想像しただけでワクワクします。きっとそれは世の中を変える力になります」

落合氏の言葉は、やや難解だが納得できるものだった。

「二〇二〇年の国民的イベントと僕らが取り組むテクノロジーのアプローチが交差すれば、人工知能やデジタルファブリケーションの側から身体多様性と向きあうことに、広く関心を持ってもらえると思います」

彼ら二人は、終始ワクワクしながら話をしている。ありがちな障害者問題の打ちあわせとはだいぶ雰囲気が違っていた。彼らは根っからの研究者で、いままで見たこともない景色をテクノロジーの力で見てみたい、その好奇心だけで動いているようだった。そして、それは私にとっても、とても心地よい時間だった。

現在開発中のロボット義足についての話は、聞けば聞くほど興味深く、私の心にも小さいけれど力強い火が灯(とも)るのを感じた。

「乙武さんの力を貸してください」

遠藤氏にそう言われ、素直にうれしかった。

誰からも必要とされない立場になって、一年半が過ぎていた。もう自分が社会に貢献することなどできないだろうと思っていた。しかし、もしロボット義足で四肢欠損の私が歩けるようになれば、事故や病気で足を失い、失意の底に沈んでいる人に、これから義足を使うことになる人に、もしかしたら障害以外の困難を抱えている人にも、大きな勇気を届けることができるかもしれない。

遠藤さんから「乙武さんだからこそお願いしたいんです」と言われ、私は「やりましょう」と答えていた。誰かに必要とされること、誰かの役に立てることに飢えていたのだ。

騒動以前のように朝から晩までぎっしりと詰まったスケジュールだったら、引き受けることはできなかっただろう。義足で歩けるようになるためのトレーニングは、半年や一年で終わるものではない、とてもハードなものになるはずだから。

心地よい英気が、私の身体(からだ)を満たしていくのを感じた。遠藤氏の「けっこうたいへんな時期もあるとは思うんですけど」という言葉は、ひさしぶりの感覚に胸を躍らせる私の耳には、どうやら届いていなかったようだ。

義足エンジニア・遠藤謙氏(右)との出会いがすべてのはじまりだった。

第三章
プロフェッショナルたち

義肢装具士という仕事

「乙武義足プロジェクト」が本格始動した。

その記念すべき第一歩は、「ソケット」作りだった。義足は、足の断端を包み込む「ソケット」と、くるぶしから下の「足部」、その二つをつなぐ「パイプ」でできている。私のように膝上から欠損している場合に装着する大腿義足は、さらに膝の役割を果たす「膝継ぎ手」が必要になる。

遠藤謙氏、落合陽一氏との面談によってプロジェクトへの参加が決まると、ほどなく新メンバーが紹介された。

「義肢装具士の沖野敦郎です」

二〇一八年一月、新宿にある私の事務所を、遠藤氏に連れられてスポーツウェアを着た眼光の鋭い男性が訪ねてきた。彼の真剣なまなざしに、「いよいよプロジェクトが始まるのだ」という緊張感が湧いてくる。遠藤氏から「沖野のことはオッキーと呼んでください」と言われたが、初対面の緊張感でなかなか「オッキー」とは声をかけられなかった。

二日間かけて、「採寸」と「採型」を行った。採寸は、断端の形状を測定する作業だ。その断端を覆う、靴下のような役目をするシリコンライナーのサイズも測ったのだが、私は右足が三十二サイズ、左足が二十八サイズで、右足のほうが太かった。

採型は、義足のソケットを作るために石膏(せっこう)で断端の型をとる作業だ。沖野氏は、まず左足の断端にシリコンライナーをつけると、その上から透明のラップを巻き、両手のひらで足の状態を確認した。

「ここは痛くないですか?」

沖野氏は何度もそう尋ねながら、ゆっくりと指の位置をずらしていく。断端の先端に触れたときは、「ここに体重がかかります」と教えてくれ、骨の位置をラップの上から青いペンでマーキングした。骨があたって痛いところもチェックする。石膏のモデルからプラスチックのソケットを作るときには、それらのチェックポイントをすべて調整し、私の足に合ったソケットができあがるというわけだ。まさに、オーダーメイドの世界である。

義足を必要とする人の多くは、交通事故や糖尿病など後天的なアクシデントによる。その場合、医師が手術によって切断するので、断端はソケットにはめやすいきれいな形になる。だが、私は生まれつき欠損した状態なので、両足、とくに右足の断端の形状がいびつだった。そのため、沖野氏は細かな計測をしながらていねいに進めてくれた。

張りつめた雰囲気のなかで、坦々(たんたん)と採型の作業は進められた。太ももに石膏包帯が巻かれていく。私は石膏の臭いをかぎながら、幼少期の記憶が蘇(よみがえ)るのを感じた。当時も義手や義足を作る際には、この石膏で型をとる作業から始まったのだ。

「足の長さ、何センチにしたいですか?」

沖野氏からそう問われたとき、一瞬、質問の意味がわからなかった。

「靴のサイズを何センチにするか、という問題もあって……」と続けられて、思わず声をあげて笑ってしまった。

そうか、義足だから身長や足のサイズまで好きなようにカスタマイズできるのだ。色やデザインだって、好みの仕様にできるのかもしれない。子どものころに抱いていた義足へのイメージがいくぶん変わるような気がして、ちょっぴり声が弾んだ。

「沖野さん、身長は百六十四センチでお願いします」

それは、二〇〇一年に他界した父よりも一センチ高い身長だった。

一九七八年、兵庫県神戸市に生まれた沖野氏は、現在、東京の蔵前で「OSPOオキノスポーツ義肢装具」を経営している。

義足を使用する人の、足を失った年齢、原因、生活環境などは千差万別だ。切断した部位の状況、残った足の状態や全身の健康状態、義足をつける目的などもそれぞれ異なる。したがって大量生産ができるはずもなく、すべての義足がその使用者にとって世界に一つしかない大切なもの、ということになる。価格もけっして安価ではない。

義肢装具士とは、そうした義足や義手などの補装具を製作し、身体への適合をサポートする職業だ。医師などと同様に国家資格が必要で、日本には五千人ほどの有資格者がいる。民間企業の義肢装具製作事業所などに所属し、病院やリハビリテーション施設のスタッフと連携したチーム医療を実践しているという。

沖野氏は現在、北京パラリンピック（二〇〇八年）で日本初の陸上競技メダリストになった走り幅跳びの山本篤選手や、リオデジャネイロ・パラリンピック四×百メートルリレーで山本選手とチームを組み銅メダルを獲得した佐藤圭太選手など、トップレベルのパラアスリートたちの義足を手がけている。佐藤選手が使用する義足の板バネは遠藤氏が、ソケットは沖野氏が担当しているため、佐藤選手は私にとって「兄弟子」のような存在にあたる。

中学から大学まで陸上部に所属し、走り高跳び、走り幅跳びなどの跳躍種目で活躍した沖野氏の少年時代の夢は、義足エンジニアの遠藤氏と同じくロボットを作ること。『ドラえもん』のアニメを観て「自分もこんなロボットを作りたい」と考えていたという。

大学は、山梨大学工学部機械システム工学科（当時）に進学した。少年時代に抱いた夢に向かい着実に歩み続けたのだが、語学の単位を取り残したため四年で卒業することができず、毎週一回の授業に通うだけの一年が始まった。

退屈だった。バイトをしてもお金がたまるばかりで使い道がなく、せっかくの時間を持て余していた。そんなある日、テレビでも観ようかとNHKにチャンネルを合わせたところ、陸上競技の国際試合の映像が映った。だが、どこか様子が違う。

それは、パラリンピックの特集番組だった。

「パラリンピックという言葉自体を知らなかった」と沖野氏は振り返る。足の先端に薄い板状のものを装着して、トラックをものすごいスピードで駆けぬける選手たちに、「なんだこれは」と度肝を抜かれた。調べてみてはじめて、それは走ることに特化した陸上競技用の板バネ義足だと知る。とても格好いいものとして、沖野氏の脳裏に焼きついた。

「足を失った人の義足を作って、いっしょに走りたい」

そう考えるようになり、急に目の前が開けた気がした。退屈してなんかいられない。沖野氏は、埼玉県所沢市にある国立障害者リハビリテーションセンター学院の義肢装具学科に願書を提出した。三年かけて義肢装具士に必要な専門知識と技術を学ぶ、定員十名の狭き門だった。

筆記の一次試験をパスすると、最後に面接が待っていた。このままだと十人に残れそうもないという胸騒ぎを感じた沖野氏は、面接の途中で賭けに出る。「僕に三分だけ自己PRの時間をください」と面接官に申し出ると、こう続けた。

「私は陸上競技を続けてきました。健常者の場合は、走る、跳ぶ、投げるで異なるスパイクを使用しますが、義手や義足もそのように、用途に応じたものを作りたいと考えます」

面接官はギョッとした。あとで聞いた話では、合否判定で判断が分かれたが、積極性を評価する声が勝って合格を勝ち取ったのだそうだ。

沖野氏は義肢装具士の資格取得に向けて、真剣に授業に取り組んだ。義足の同級生に誘われて、義足のランニング教室を見学したこともあった。「ヘルスエンジェルス（現・スタートラインＴｏｋｙｏ）」という日本初の義足ユーザーのためのスポーツクラブの練習だった。義肢装具界の第一人者、東京身体障害者福祉センター（現・鉄道弘済会義肢装具サポートセンター）の臼井二美男氏が代表を務め、パラリンピック出場経験のあるトップアスリートから義足を履いてまもない初心者まで、そこには広いレベルの義足使用者が参加していた。

練習を見学した沖野氏は、二つのことを感じた。

一つは陸上選手としての感想だ。トラックに笑顔があふれる練習風景と言えば聞こえはいいが、それは緊張感に欠ける雰囲気と言い換えることもできた。けっして鍛え上げたとは言えない選手たちの肉体に、沖野氏は「これが陸上競技？」という疑問を抱いてしまったのだ。あのときテレビで観たパラリンピックの迫力とはかけ離れていた。何回か見学するうちに、障害者スポーツに対する情熱が冷めかけたこともあったという。

だが、未来の義肢装具士としては別の感想も抱いた。板バネ義足を履くトップアスリートも、ついこの間やっと歩行練習を始めたばかりの義足初心者も、いっしょに練習する姿に心打たれた。義足の歩行練習は、つらく孤独な戦いだ。仲間たちと笑顔で話しながら情報を交換し、義足に前向きに取り組める環境はすばらしいと思えた。義肢装具士の臼井氏はいつも笑顔の中心にいて、練習中も臨機応変に義足の調整を行っていた。

二〇〇五年四月、沖野氏は国立障害者リハビリテーションセンター学院を卒業後、東京身体障害者福祉センターに、新人の義肢装具士として就職する。

沖野氏の修業が始まった。臼井氏のやり方をひたすら学び続けた。それが一流の義肢装具士になる近道だと確信したからだ。採寸の仕方やソケットの作り方はもちろんだが、これだけは見習いたいと思ったのがアフターケアのきめ細かさだった。

学生時代は「義足は作ったら終わり」だと思っていたが、そうではなかった。断端とソケットの微妙なフィット感を追究する臼井氏は、つねに義足ユーザーの言葉に耳を傾け、完成後も調整を繰り返した。電話がかかってくると、一日二十四時間、三百六十五日、いつでも相談に乗った。子どもの義足を作るときには「〇〇ちゃん、将来は何になりたいの？」などと世間話を交えながら石膏の型取りをした。アスリートの板バネ義足は、大会の数ヵ月前には試作品を完成させ、選手の感想を聞きながら微妙な調整をしていった。

沖野氏が義足に魅了されるきっかけとなったパラリンピックは、四年に一度やってくる。あの日はテレビの一視聴者に過ぎなかったパラリンピックだが、義肢装具士として参加するパラリンピックは、まったく別の光景を見せてくれた。

二〇〇八年の北京パラリンピックに、沖野氏は正式な日本選手団のスタッフとして参加した。当事者として迎えるはじめてのパラリンピック。ウォーミングアップの段階から異次元の雰囲気が漂っている。限界まで鍛え抜かれた選手たちの肉体。息が止まりそうな緊張感とスタジアムの熱気。すべてが真剣勝負の場にふさわしいものだった。

開会式の入場行進に参加したときのこと。順番を待っている間に興奮を抑えきれなくなっていた沖野氏は、携帯電話に手を伸ばし、陸上短距離の春田純選手に「すごいぞ！　いますぐ北京に来い」と電話を入れた。春田選手は北京パラリンピックの代表にこそ選ばれなかったが、この翌年、片下腿切断クラス百メートルで日本記録をマークすることになるパラ陸上界期待の選手だった。

沖野氏の完全なる無茶振り。だが、沖野氏の興奮に誘われた春田選手はその三日後、北京まで飛んできた。

「見ている世界が狭かった。たとえ日本記録を持っていても、この舞台に立てなければ意味がないということがよくわかった。これから本気でロンドンを目指します」

春田選手はそう語ったという。その後、春田選手は十一秒九五の日本記録を出してロンドン・パラリンピックに出場を果たし、四×百メートルリレー四位入賞の成績を残すことになる。

「国内の障害者スポーツをぬるいと言っていたが、自分もぬるいことをしていたな」

沖野氏はそう思った。

「やっぱり、障害者スポーツはすばらしい。義肢装具士として、アスリートのポテンシャルをもっともっと引き出したい」

沖野氏は、ふたたび心の中に火が燃え上がるのを感じた。

しかし、そんな彼の頬を叩(たた)くような出来事がロンドン・パラリンピックまでの四年間に待ちうけていた。

二〇一一年のある大会でのこと。北京パラリンピック銀メダリストの山本選手から依頼を受け、はじめて彼の板バネ義足を作り、届けたときのことだ。

「なんだ。こんな義足、履けるか！」

一瞬、何を言われたのかわからなかった。いつもどおり完璧に仕上げた義足を納品したはずなのに、自身も義肢装具士の資格を持っている山本選手の眼鏡にかなわなかった。

「ここハゲてるよね」

なんと、見た目でNGを出されたのである。美しさへのこだわりがない義足なんて機能的にもたかが知れている、そんな義足は履けないというのが山本選手の考え方だった。

沖野氏はその晩、はじめて仕事のことで泣いた。「あのときのことはよく思い出しますよ」と少し苦しそうに笑うが、じつは沖野氏は、現在ふたたび山本選手の義足を担当している。二〇一六年にオスポを立ち上げると、山本選手から「もう一度試してみたい」と申し出を受け、チャンスをもらったのだ。

板バネ義足は、ソケットと板バネの位置関係だけでも、アスリートのコンディションに応じて日々細かな調整を続ける必要がある。沖野氏に製作を依頼するアスリートが多いのは、「着地の感触はどう?」「こういう角度にしたら走りやすくなるのでは?」と選手と密にコミュニケーションをとりながら調整するていねいな手法が、選手たちの信頼を得ているからに違いない。

沖野氏はオスポ設立直後から、毎月一回ランニング教室を開催している。彼が作った義足のユーザーだけでなく、大人も子どもも義足で走りたい人は誰でも参加できる。

山梨県の甲府からランニング教室に通っている小学五年生の関口颯人くんは、両足に板バネ義足をつけて走る練習をしている。

「この教室に通わなければ、走るという感覚がわからなかった。いまは六十メートルの最速タイムが十三秒台だけど、目標は十秒を切ることです」

颯人くんの言葉に頷きながら、沖野氏はこう語る。

「はじめて参加した人には、義足側の足に体重を乗せる感覚をつかんでもらいます。それができると、歩き方も走り方もずいぶん変わってきますから。ここでは理にかなった走り方を教えたいと思っています」

ときには自分もトラックを走る。四十代になっても百メートルを十二秒台前半で走る沖野氏の姿に、参加者から溜め息が漏れる。

「東京パラリンピックをきっかけに、パラアスリートも走ることでメシが食えるようになってほしい。そのために何よりも大事なのは、つねに自己ベスト更新を目指そうとする気持ちです。生ぬるいトレーニングをしていたら、私が許しませんから」

これから始まる私のトレーニングも、どうやらきびしいものになりそうだ。

ドナルドダックになった私

「義足ができました」

私の四十年ぶりの義足が完成したという連絡が入った。短いスタビー義足。ソケットのすぐ下に足部がついた義足から練習を始めるやり方は四十年前と同じだ。義足を履くのは竹馬に乗るようなもの。低いものから高いものへ、徐々に身体を慣らしていくのだ。

二〇一八年二月、朝から雪の降る日だった。完成したばかりの義足を履くために、オスポのある蔵前に向かう。ビルの一階にあるガラス張りの工房に入ると、スタイリッシュな作業着を身にまとった沖野氏が義足を抱えて待っていた。子どものころの義足より、ずいぶん小さい印象を受けたが、もちろんそれはただの錯覚で、当時よりも私の身体が大きくなっているだけなのだろう。

まずはマネジャーの北村が、椅子に座った私の太ももにシリコンライナーを履かせた。

肌に密着して締めつけがきつい感じがしたが、歩いているうちに脱げてしまわないよう、これくらいにしておく必要があるのだという。シリコンライナーの先端から出ているピンに、義足のソケット部分をはめ込む。沖野氏の計算どおり、ジャストフィットの装着感だ。義足エンジニアの遠藤氏が笑顔で見守っている。

まるでドナルドダックのような下半身になった。自分で言うのもなんだが、どことなく愛嬌(あいきょう)のあるシルエットだ（写真96ページ）。

「これで、原則的には立てます」

椅子に腰掛けたまま足をパタパタさせていると、沖野氏からそう声がかかった。

あくまで「原則的には」だ。義足をはじめて履いた人は、バランスをとるのがむずかしくて最初は立つことすらできないという。実際に私も、「今日は立つ練習から始めましょう」と言われていた。

沖野氏と北村に両脇を抱えられ、ソファから腰を上げる。

「このまま、足をついて」

そう言いながら沖野氏が手を離すと、上半身がぐらりと揺れて「うわあ」と情けない声が漏れてしまった。

「たぶんバランスがとれないと思うので……」

沖野氏はそう言いながら、注意深く私の背中に手をまわした。それと同時に、北村がゆっくりと手を離す。足の裏が、なんとなく床に触れている気がした。身体がぐらつくので、下っ腹に力を込めた。沖野氏の手も、北村の手も、私の身体には触れていない。

「あれ、立ててるな」

沖野氏がそう小さくつぶやくのが聞こえた。おそるおそる、まわりを見渡してみる。北村も、沖野氏も、そして遠藤氏も、驚きに満ちた笑顔を浮かべている。

やったぞ！　立ててる！

すると、そこに容赦ない北村のひと言が聞こえてきた。

「そこから、一歩でも前に出せます？」

私は即座に「ムリムリムリ」と、ふたたび情けない声を返した。


立つ練習から始めるつもりだった沖野氏は拍子抜けのようだったが、一気に数週間分を飛び越えて、さっそくこの日から歩行練習に突入した。

低い位置に固定した平行棒を右の脇でしっかり挟み、足を交互に前に出してみる。はじめのうちこそ北村が横から手を差し出していたが、私の足を出す速度が上がるにつれて支えはいらないと判断したようで、やや距離をとった位置から見守っている。

試しに、そっと、右手を平行棒から離してみる。立てる!

足を交互に出してみる。進める!

スピードを上げてみる。歩ける!

初日から支えのない状態でスタスタと歩いてみせた。遠藤氏がスマホで撮影した動画を見ると、そこには「二本足」で歩く私の姿があった。平行棒の端まで歩ききった瞬間に見せた「どうだ!」と言わんばかりのドヤ顔は、子どものころと何も変わっていなかった。

それまでの不安が、一気に吹き飛んだ。幼少期にあれだけ義足に苦戦したのは、身体ができあがっておらず、うまく使いこなせなかったからかもしれない。遠藤氏が言っていたように、当時の技術がそこまで進化していなかったからかもしれない。あのころ感じていた「歩けるようになる気がしない」という感覚が、不思議とこの日は湧いてこなかった。

だが、浮かれる私を前に、沖野氏はこう考えていたという。

「いままで僕が見てきた人は、事故や病気で足を失った人ばかりでした。つまり、歩く能力を再獲得する人のリハビリ過程は何人も見てきたのですが、乙武さんのように歩いた経験がない人というのは、僕には未体験の領域なんです。そのことがずっと心配でした」

四月末、自宅のリビングルームに平行棒が設置された。これからの練習はオスポではなく、自宅で行われることになる。最終的に膝の機能がついたロボット義足を履きこなせるようになるために、まずは通常の義足を使い、徐々に足を長くしながら日々の歩行練習を積んでいくことになった。

ドナルドダックのような短い義足には、すぐ慣れた。スムーズに歩けるようになるまでとくに大きな壁はなかった。平行棒の間で安定して歩けるようになると、すぐに平行棒の外での歩行練習に移行した。転倒する不安がなくなってくると、床に並べた整髪料のプラスチックケースの間をSの字に歩く練習もした。それは幼少期にぬいぐるみを並べて電動車椅子の練習をした光景によく似ていた。

ソケットと足部の間に、高さ十センチほどのパイプが入ったのは五月のことだった。わずか十センチとはいえ、目線が上がると少し不安を覚えた。だが、これも練習を重ねることですぐに慣れた。まずは平行棒の間で。慣れてきたら平行棒の外へ。それにも慣れてきたら、また整髪料のプラスチックケースなどを並べて——とまったく同じ手順で練習に励んだ。

　それからは二ヵ月に十センチほどのペースでパイプを長くしていった。大人の膝から足首までの長さはだいたい四十五センチほどなので、四〜五回足を伸ばせば大人の身長に達する計算だ。ここまでは、かなり順調。もちろん足が長くなるたびに新たな恐怖心が生まれたが、コツをつかめば同じことだった。下半身がぐらついても、腹の奥のほうに力を入れて、倒れないようにバランスをとる。少しガニ股気味という問題はあったものの、私は順調に二足歩行を習得しつつあった。

　たまに遠藤氏や沖野氏が自宅を訪れたが、原則的には北村とマンツーマンの練習。沖野氏に教えられたとおりの簡単な筋力トレーニングも、義足の装着も、そして歩行練習の介助もすべて北村が担当してくれていた。

　練習を始めた当初は、私が転倒したときに備えてすぐに身体をキャッチできる位置で待ちかまえていた北村だったが、安定した歩行ができるようになるにつれて、少しずつ私から距離をとるようになった。

　二〇一八年十月、私の身長は百五十五センチに達した。オスポではじめて義足を履いた日から八ヵ月が経(た)っていた。

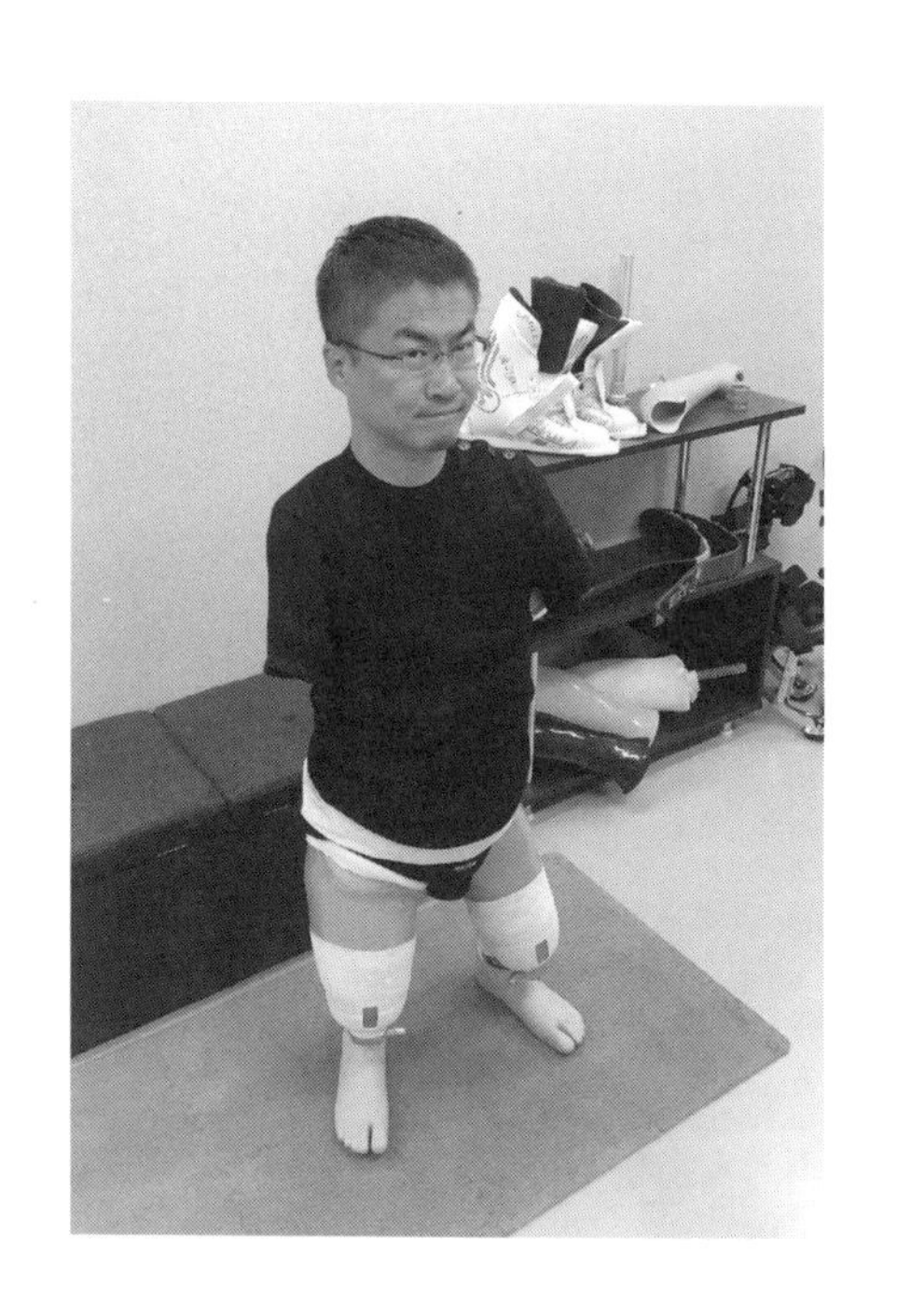

立てた……！

義足の名は「シュービル」

すべてが順調だった。

十月四日、もう一人のプロジェクトメンバー、デザイナーの小西哲哉（こにしてつや）氏が遠藤氏とともにわが家を訪れた。スッと通った鼻筋に切れ長の目、「顔まで自分でデザインしたかのようですね」という私の軽口を、小西氏は涼やかに受け流す。

「どんなデザインにしましょうか？」

練習が終わると、それまで黙って見学をしていた小西氏が口を開いた。考えてはみたものの、とくにこれといったイメージは湧いてこない。ぼんやりとした回答で申し訳ないなと思いつつ、「とにかく、スタイリッシュな感じで」とだけ答えた。

彼は「了解です」と慣れているように頷く。

「乙武さんは何色が好きですか？」

この質問にはすぐに答えられた。Tシャツにせよ、セーターにせよ、クローゼットの中身は黒ばかりだ。さらに黒を基調にどこか赤を取り入れたデザインもお気に入りで、財布や車椅子に装着している腕時計も、まさに「黒×赤」の組みあわせだった。

「靴はどうしますか?」

小西氏とのやりとりでいちばん困惑したのは、このときだった。これまでの人生で靴選びなどしたことがない。革靴を履いてみたい気持ちはあったが、まずは義足初心者としてもっとも歩きやすいスニーカーから試してみるのがいいという。

かつてバスケットボール部でならした遠藤氏にオススメを聞いてみた。

「人気があるのはナイキとかですけど、一般的なスニーカーは、つま先と踵(かかと)で靴底の厚さが違うんですよね。そういうスニーカーを履くと、靴を履かない状態で練習していたときと微妙に感覚のズレが生じます」

いくらデザインがよくても、それは厄介(やっかい)な話だ。

「そういう意味では、コンバースのスニーカーはつま先と踵の厚みがあまり変わらないので、義足使用者にも履いている人が多いようです」

こうして私の「ファーストシューズ」は、コンバースの黒に決まった。それにしても、服装や小物を選ぶように、靴のことを考える日が訪れるとは思ってもみなかった。

小西氏の経歴を紹介しよう。

一九八五年、千葉県生まれの宮城県育ち。千葉工業大学大学院でプロダクトデザインを学び、卒業後はパナソニックでビデオカメラやウェアラブルデバイス（身体に装着して使用することを想定して開発された端末）のデザインを担当していた。

入社三年目の二〇一三年春のこと。同期入社の山浦博志氏から「いっしょに義手を作らないか」と誘われた。山浦氏は、同じ東京大学の研究室の後輩でソニーのエンジニアだった近藤玄大氏の発案により、筋肉の微弱な電気信号（筋電）で操作できる筋電義手を作りたいと考え、デザイナーを探しているところだった。小西氏はこの誘いに乗った。

三人の念頭には「ジェームズダイソンアワード」があった。この賞は、掃除機で有名なダイソンのジェームズダイソン財団が運営し、日常の問題を解決する次世代のデザインエンジニアリング作品に与えられる国際的なアワードだ。国際最優秀賞の賞金は三万ポンド（約四百五万円、当時）。ただ、対象が学生もしくは卒業・修了後四年以内の卒業生に限定されていて、応募するならこの年が彼らにとってはラストチャンスだった。

三人はチームで挑戦することを決意した。プログラミング・近藤玄大、機械設計・山浦博志、デザイン・小西哲哉。三人は息を合わせてゴールを目指し、その年の七月、筋電義手「ハンディ（handiii）」を完成させた。

筋肉からの信号を読み取る筋電センサーを内蔵し、皮膚の表面を流れる電気的刺激の計算に、スマートフォンを使用することでコストを抑えた。義手の構成は、すべて簡単に変更可能。さらに3Dプリンターで複製可能。プロトタイプの材料費は三万円というから驚きだ。

デザイン的にもいままでの義手の常識を覆すものだった。「人間の手に近いような色や質感」とはかけ離れたロボットのような外装が、ほんものの手ではないということを、むしろ強烈にアピールしていた。

ハンディは「ジェームズダイソンアワード2013」で、世界第二位の評価を受けた。上位入賞は日本人初の快挙だった。国際最優秀賞とはいかなかったが、三人の目的は十分に果たせたと言えるだろう。

小西氏はデザイナーの立場から、プロジェクトをこう振り返った。

「義手のデザインは人肌に似せたものがほとんどですが、もっと多様な選択肢があっていいはずだと思いました。私たちはメカニックなデザインという選択肢を提示しましたが、それだけではありません。日々のファッションを楽しむようにデザインを取り替えることができたり、義手の甲の部分に部品を取り付けて電話をすることができたり、ＳｕｉｃａなどのＩＣカードが埋め込まれていたり、健常者にはできない楽しみを実現する可能性も秘めているんです」

義手の未来を考えると三人の胸は高鳴ったが、そういう義手が「必要とされているかどうか」がわからなかった。当事者にとっての義手はあくまで実用的なもので、未来へ思いを馳(は)せるためのものではなかったからだ。

出会ったばかりの福祉の世界でハンディは受け入れられるのか、三人は不安を感じていた。デザイナーやエンジニアとしての自分たちは評価された。これでいったん終わりにしてもいいのでは。そう気持ちを整理しかけたとき、一通のメッセージが届いた。

「人前でも気にすることなく堂々と振る舞えるハンディは魅力にあふれています。一度見せていただくことはできませんか」

依頼の主(ぬし)は、大阪在住の森川章(もりかわあきら)氏という男性だった。右腕を切断して入院中だが、労災で認められている筋電義手を使うかどうか悩んでいるとも書かれていた。それは、当事者の声を聞きたかった三人にとってもありがたい申し出であり、学会で大阪に集まる予定を利用して森川氏のもとを訪ねた。

はたして、受け入れてもらえるのだろうか。三人の胸は、期待と不安で高鳴った。

森川氏は実物のハンディを目にするやいなや、「うおお！」と大きな声をあげた。ずっと欲しかったおもちゃを買ってもらった少年のような喜びようだった。さっそく装着し、自分の肘から伸びる義手をまじまじと見つめてこう言った。

「僕、こういうのが欲しかったんだよ」

三人がハンディの開発に取りかかる半年前、森川氏は当時働いていた石鹸工場で機械に右腕が巻き込まれ、肘から先がバラバラになってしまった。なんとか再生しようと治療を受けたがうまくいかない。「動かないのなら、いっそのこと落としてください」と医師に伝え、最終的に切断手術に踏み切った。

義手という選択肢を選んだものの、森川氏にはどうしても受け入れられないことがあった。人間の肌に似せた義手をつけることが、なんだかこそこそ隠れているような気がしていやだったのだ。

そんなとき、日本の三人の若者が3Dプリンターでメカニックな外装の義手を作り、ダイソンアワードを受賞したことを知る。ネットで画像を検索すると、いままでの義手のイメージを一気に吹き飛ばすようなデザインだった。

「この義手ならつけてみたい。三人に会ってみたい」

その気持ちが出発点となり、三人との面談が実現した。

「写真で見るよりずっとすばらしい。親指の付け根のふくらみとか、手のひらから手首までの曲線とか、とても美しいなあ」

森川氏ははじめて目にしたメカニックな義手に対する熱い気持ちを語り、「これからはなんでも協力します」と三人を激励した。

森川氏との出会いによって自分たちが開発した義手の方向性に自信を持った三人は、そろって会社をやめると、「イクシー（exiii）」という会社を立ち上げ、ハンディの次世代モデルの開発を目指すことにした。

やや使いづらい筋電義手から、腕に力を入れたときの筋肉のふくらみを察知して動く、より操作が簡単な電動義手に切り替え、ハンディに続く次世代モデル「ハックベリー（HACKberry）」を完成させた。義手のデザインファイルとソースコード（プログラムの設計図）をすべてオープンソース化（公開）し、世界中の誰もが利用できるようにするという画期的な試みも、ハックベリーの評価を高めた。

小西氏には森川氏のことで、忘れられない場面がある。米国テキサス州のオースティンで開催された最先端テクノロジーの祭典「ＳＸＳＷ（サウス・バイ・サウスウエスト）」に、イクシーが参加したときのことだ。メカニックな筋電義手をつけた森川氏のまわりに人だかりができた。やがてそれは森川氏に握手を求める人の列となり、そんな状態が会期中の四日間ずっと続いたのだった。

「ただのおっさんなのに義手をつけてると握手してって言われる。めっちゃうれしいわ」

そう言って目を輝かせていたという。

森川氏はいま、大阪市内の病院で事務の仕事をしている。仕事では重量にも耐えられる筋電義手、プライベートでは軽くて負担の小さいハックベリーと使い分けて暮らしている。「手足を切断しようかどうしようかと悩んでいる人に、切断してもこんなふうに元気になれるんだと思ってもらえればうれしいです」と語り、義手ユーザーとしてイベントに参加したり、人前で話したりする機会も少なくない。

じつは私も以前にイクシーを訪ね、このハックベリーを体験したことがある。

私の短い腕でも、ぎゅっと力を込めると義手の指が折れ曲がる。もちろんすぐに使いこなすことはできなくて、ポーチのファスナーを開ける作業では引き手の部分がなかなかつかめなかった。しかし、ほんの少し力を入れるだけで指先が動く感覚は、なんとなく覚えている幼いころの義手の使い勝手とは大違いだ。短い腕の延長線上に、自分の意思で操作できる義手がある感覚がうれしくて、ファスナーを一センチほど開けたときには、年甲斐(としがい)もなくはしゃいでしまった。

二〇一八年十月、小西氏はイクシーから独立して「イクシーデザイン(exiii design)」を立ち上げた。わが家を訪ねてくれたのは、ちょうどそのタイミングということになる。

「いよいよ本格的な練習のスタートです」

遠藤氏がそう言いながら見せてくれたロボット義足だが、小西氏が担当する外装のデザインはもちろんこれからで、新しく装着された部品がむき出しになっていた。だが、むき出しであるがゆえに、ロボット義足であることがとても強く実感できる。

私の目は、膝の部分に釘付(くぎづ)けになった。「膝継ぎ手」と呼ばれるパーツだ。膝継ぎ手は、私のように膝よりも上から欠損している人が使用する大腿義足の部品だが、私の義足は、手のひらに収まるほどの大きさのスチール製の円柱の中に、センサーとモーターとバネが組み込まれていた。これこそがロボット義足の中枢部だ。膝継ぎ手をオンにすれば、歩くときに地面を蹴るのを助けてくれるだけでなく、坂道や階段を上ったり立ち上がったりするときにも大きな力を発揮してくれるのだという。

ロボット義足は「シュービル（SHOEBILL）オトタケモデル」と命名されていた。シュービルは、ハシビロコウというペリカン目に分類される鳥の英名だ。大きな嘴が特徴的で、立ち姿が堂々としている。最近はそのビジュアルが人気で、上野動物園をはじめ全国の動物園でちょっとしたブームになっているらしい。命名者は遠藤氏だが、彼は大の動物園好きで、自分たちで開発した義足にはかならず鳥の名前をつけているそうだ。

実際に外装がついたら、どんなふうに見えるのだろう。「ハシビロコウ」をスマホで検索しながらイメージをふくらませていると、遠藤氏が話しはじめた。

「沖野からの提案をヒントに、膝継ぎ手の位置を、普通の人の膝裏ぐらいに持っていきました。そうすることで、歩いている最中にガクッと膝が曲がってしまう、いわゆる膝折れが起きにくくなるはずです。ただ、当面は膝が曲がらない状態で、ロボット義足に慣れてもらうところから始めたいと思います」

はじめて目にするロボット義足だ。私は遠藤氏にお願いして膝のスイッチを入れてもらった。すると、膝に組み込まれたセンサーが作動し、「ピコーン」とスーパーマリオのような機械音が鳴った。もうSFの世界だ。

そのときの私は、森川氏がはじめてハンディを手にしたときと同じ表情をしていたに違いない。また身長がいくらか高くなって怖(こわ)さが増すだろうが、きっと練習すれば慣れてくるはず。このロボット義足でスタスタと歩き、みんなを「おおっ！」と言わせる光景を思い浮かべてはニヤついていた。

「ロボット義足を使いこなしている姿を映像に撮りたいですね。ソファに座っている乙武さんが立ち上がって玄関まで歩いていく、というような。まるで健常者のような生活をしている姿が見せられたらおもしろいと思うんです」

遠藤氏の言葉に、私は笑顔で応じた。

「いいですね、想像しただけでワクワクします！」

膝継ぎ手をじっと見つめる著者(右手前)。
デザイナー・小西哲哉氏(右)と遠藤氏(左)に囲まれて。

第四章
三重苦の身体

重すぎるロボット義足

いよいよ、ロボット義足「シュービル オトタケモデル」を装着する。これまでの数ヵ月に及ぶ練習は、いわば助走期間。すべてはこの日のために積み重ねてきたと言っても過言ではない。

いつもどおりに義足を履き、北村に抱えられて立ち上がった。ところが、立った瞬間にバランスを崩して前に倒れそうになる。なんとか腹に力を入れて踏んばったが、立っているだけでやっと。一歩でも足を前に出そうものなら、とたんにバランスを崩してしまいそうだった。

「あれ、おかしいな……」

つい先週までスタスタと歩けたのに、一歩たりとも足を前に出すことができない。先週までに比べると五センチ高くなってはいたが、これまでの経験からしても、そのことが原因とは思えなかった。

　犯人は、重量だった。モーターなどを組み込んだ「膝継ぎ手」が加えられたことで、義足の重さは片足だけで五・四キロと、これまでより一キロ以上も重くなったのだ。たしかに「膝が入ると重くなりますよ」とは言われていた。しかし、「百聞は一見にしかず」ならぬ「百聞は一歩にしかず」である。

　さて、どうしたものか。歯を食いしばって両足の断端に力を込め、やっとの思いで数センチずつ足を踏み出していった。だが、いつもとは比較にならないほど体力の消耗が激しい。例によって大量の汗が身体から噴き出る。重たい義足にすっかり疲弊した私は、早々にダウンして床に座り込んでしまった。

　ほとんど成果のなかった練習を終えて北村に義足を外してもらっていると、遠藤氏が「まずは重さに慣れることからですね」と話しかけてきた。そう言われても、これだけの重さに慣れることなどできるのだろうか。

　その日の夜、私は背中一面が固くこわばっていることに気づいた。いままでの義足練習では感じることのなかった腰の痛みや背中の張り。伸ばしたり捻ったりしてほぐそうとしても、まるで効果がない。カチコチに固まった背中を押しつけるようにベッドに倒れ込み、暗い気持ちのまま眠りに落ちた。

このころ、遠藤氏も悩みを抱えていた。

「乙武義足プロジェクト」は、第二章でも説明したように国の予算を使って進められているため、年末の中間審査を通過しないと、翌年以降プロジェクトを続行できない。遠藤氏は、公の場でメンバー全員によるプロジェクト発表の機会を持ち、それをベースにCRESTへの報告書を作成することを考えた。その場で、私がロボット義足を履いて歩く姿を公開しようというのだ。だが、ロボット義足に変えたとたんにまともに歩けなくなっているようでは、そのプランは現実的とは言えなかった。

遠藤氏は代案を考えた。毎年十一月に渋谷ヒカリエで開催されている「超福祉展」のシンポジウムで、私がロボット義足で歩いている映像を発表するというプランだ。超福祉展とは、最先端福祉機器の展示、シンポジウム、体験型イベントなどで福祉の未来を体感する展示会で、遠藤氏やデザイナーの小西氏もかつて参加したことがあった。

映像なら、何回でも撮り直すことができる。遠藤氏が言っていた「ソファに座っている乙武さんが立ち上がって玄関まで歩いていく」姿はさすがに無理だが、数メートル歩くだけなら、頑張ればなんとかなるかもしれない。

一ヵ月後に私が歩いている姿を撮影する。その映像と、これまでに撮影した映像を編集したものを超福祉展で公開する。それを遠藤氏はＣＲＥＳＴに報告し、メディアにも公開する。それが我々に課せられたミッションとなった。

それにしても、ロボット義足になってから格段に練習がつらくなった。ついこの間までスタスタ歩けていたのが嘘のようだ。まずは平行棒の間に立つ。身体を反らして唸り声をあげながら、全身の力で持ち上げた義足を少し前に落とす。前に進むことは進むが、それを「歩く」という言葉で表現してよいかどうかは怪しいところだった。

ずっと平行棒の間にいるわけにもいかない。平行棒の外に出て、支えのないところで歩く練習も必要だった。北村が「じゃあ、手を離しますよ」と言って、私から一メートルほど離れる。とたんに、宇宙に一人放り出されたような心細さに襲われる。少し歩くとバランスがとれなくなり、「あ、あっ！」と声をあげてしまう。北村は危険を察知するとさっと私に近寄り、前のめりに崩れ落ちる私の身体をキャッチする。その繰り返しだった。

平行棒の間なら「もう少し重心を後ろに寄せてみよう」とか「足をこう振り出してみたらどうだろう」などと考える余裕もあったが、外に出ると、ただ「倒れないように」としか考えられなくなった。一歩ごとに蓄積される足の疲労も、これまでとは天と地ほどの違いがあるように感じられた。

自主トレと称して二つのことを始めたのもこのころだ。一つは、義足を履く前に北村にやってもらうストレッチ。私の身体がLの字に固まっていることは、第一章に書いたとおりだが、身体をIの字に近づけるための自己流ストレッチを日課にすることにしたのだ。連日、リビングルームには私の「痛い、痛い！」という悲痛な声が響くようになったが、北村はそれを聞き流して、黙々と私の身体を引き伸ばし続けた。

もう一つは、マンションの一階から三十階まで階段を登るトレーニングだ（写真132ページ）。体幹と短い両足に筋力をつけることが、重たいロボット義足で歩けるようになるための近道だと考えたからだ。二十五階までは「左、右、立つ。左、右、立つ」のリズムでしっかりと。最後の五フロアは「右、左、右、左」のリズムでスピードアップし、一気に上り切った。

終了後にTシャツをしぼると、誇張ではなく汗がジャーッと流れ落ちるほどのハードなトレーニングだったが、中年になって、いよいよふくらみはじめたお腹（なか）をへこませる効果も期待して、地道に取り組むこととした。

遠藤氏が言うには、私の身体は「三重苦」なのだそうだ。

一つめは、両膝がないこと。膝継ぎ手がある大腿義足と膝継ぎ手のない下腿義足では、歩行の難易度がまったく違う。こんな数字もある。片足欠損者の陸上男子百メートルの日本記録を比べても、大腿義足のクラスが十二秒六一であるのに対し、下腿義足のクラスは十一秒四七と、一秒以上もの違いがある。この数字からも、膝の動きがいかに重要な役割を果たしているかがわかるというものだ。

二つめは、両手がないこと。人は歩くとき、無意識のうちに両手でバランスをとっているという。私にはそのバランスをとるための両手がないため、上手に歩けない。手がないことは、転倒したときには頭部から地面に激突する危険性が高いということでもある。

そして三つめは、歩いた経験がないということ。事故や病気で後天的に足を失った人なら「歩く感覚」を知っている。だから、失った部分を義足で補うことで歩く感覚を思い出しながら練習をすればよい。しかし先天的に足がない私は、「歩く」とはどういうことか、その感覚を体得するところから始めなければならないのだ。そしてそのためには、義足で実際に歩くことをひたすら繰り返すしか方法はないのだった。

超福祉展のシンポジウムは二〇一八年十一月十三日に設定された。

「映像はこれまで撮影してきた練習風景などを編集して作ります。ただ『シュービル オトタケモデル』をつけた乙武さんがトラックを歩く姿がないと、中間発表になりません。膝の機能はオフでやむをえませんが、何メートル歩いたという記録を発表したいのです」

そう遠藤氏が提案した。どこまでやれるかまったく自信がなかったが、このあたりが現実的な落とし所だろう。あと一ヵ月、とにかくベストを尽くすしかない。私がうまく歩けずプロジェクトの予算がつかなくなりました、という事態だけは避けなければならない。

撮影のハードルは下がったが、私の歩行はなかなか上達しなかった。相変わらず、一歩足を踏み出すたびに滝のような汗が流れ、バリバリに張った背中が悲鳴をあげ、どうにもならずに倒れ込んでしまう。はたして、撮影当日にどれだけ歩けるのだろう。そもそも、歩いたと言えるだけの結果を出せるだろうか。

歩行の撮影は、シンポジウムの四日前に決行することになった。映像の編集作業を考えると非常にタイトなスケジュールだが、できるかぎり私に練習の時間を与えたいという配慮からこの日になった。だが、そんな彼らの温情さえプレッシャーに感じるほど、私は日に日に神経質になっていった。

そして撮影が始まった

撮影は、移設された東京都中央卸売市場のすぐ近くにある新豊洲ブリリアランニングスタジアムで行われた。全天候型の陸上競技用六十メートルトラックに、パラアスリートのための義足開発ラボラトリーも併設された、二〇一六年十二月にオープンしたばかりの施設だ。半透明のフィルム膜で覆われたアーチ状の外観がその存在感を際立たせている。多くのパラアスリートもここを練習拠点にしていて、第三章で紹介した義肢装具士の沖野氏のランニング教室もここで開催されている。

そんなすばらしいスタジアムを私の「デビュー戦」に選んでくれたことに感謝しつつ、午後一時半、私と北村はスタジアムに到着した。遠藤氏、沖野氏、小西氏、それから撮影スタッフなど、ぜんぶで十人のメンバーに迎えられた。

小西氏はなんとこの日の朝五時までラボラトリーで作業を続け、「シュービル　オトタケモデル」の外装デザインを完成させたという。さすがに少し疲れているように見えたが、ニコニコしながらデザインの特徴を語ってくれた。

「黒がシルエットを際立たせているでしょう。中にあるパイプの赤が外からチラッと見えるようにしてあります。健常者にはできない楽しみ方としては、脛(すね)とふくらはぎの外装部分が着脱可能になっていることがあげられます」

撮影チームのリーダーは、映像プロデューサーの鎌田雄介(かまたゆうすけ)氏だ。私とは、母親どうしが大親友という幼稚園時代からのつきあいで、プロジェクトの記録映像の撮影をお願いしたところ、二つ返事で引き受けてくれた。

スニーカーを履くのは、この日がはじめてだった。自宅での練習では、むき出しの足部でフローリングの床を歩いていた。スニーカーとフローリングの相性が悪いらしく、とても歩きづらかったからだ。はじめてスニーカーを履くことも不安要素の一つで、合成ゴム素材のトラックとの相性も気になっていた。

練習では、まだほとんど歩けていない状態だ。はたして何メートル歩けるのだろう。そんなことを考えていると、遠藤氏が近づいてきた。

「コンバースのスニーカーが届いてなくて。すいません、いまから取りに行ってきます」

遠藤氏は雨の降りしきるなか、スタジアムを出て行った。

スニーカーが到着するまでの三十分、私は一人で考えていた。まともに歩けたこともないのに、新しいスニーカーで歩くなんて無謀なことだ。だが、超福祉展で披露する映像をインパクトあるものにするには、最低でも数メートルは歩かなければならない。

正直に告白しよう。私は歩けるようになりたいわけではない。四十年間のつきあいとなる電動車椅子のほうが、圧倒的に便利である。では、なぜこのプロジェクトに参加したのか。それは遠藤氏と落合氏に話を聞き、障害や病気によって足を失った人に、歩くことをあきらめている人に、希望を届けたいと思ったからだ。

「広告塔」という言葉が浮かんだ。そうだ、私は「乙武義足プロジェクト」の広告塔なのだ。今日撮影するのは、このプロジェクトのいわばプロモーションビデオなのだ。

私は、両足にかかるプレッシャーを「使命感」という言葉に置き換えた。

遠藤氏が不在の間も、ある人は義足のチェックで、ある人は撮影ポイントの確認で、それぞれが最終準備のために動き回っている。私だけが手持ち無沙汰で、待ち時間がやけに長く感じられた。ふだんはまず感じることのない胃の痛みが煩わしかった。

遠藤氏が到着し、むき出しだった足部にコンバースのスニーカーが履かされた。黒のキヤンバス地の靴紐(くつひも)がないタイプ。うん、気に入った。

「乙武さん、よろしくお願いします」

さあ、プロモーションビデオの撮影だ。北村が私の両足にシリコンライナーを履かせ、遠藤氏がロボット義足を装着する。最後に、膝が曲がらない状態になっていることを確認した。

北村が私の脇を支えて身体を起こす。なるほど、スニーカーを履くとこんな感じなのか。たしかに靴底は平坦(へいたん)で、これまでと重心のバランスが変わったような気はしない。だが、やはり靴の重みがずっしりと感じられる。足を振り上げるのが、これまで以上にしんどそうだ。

緊張は極限に達していたが、私は自分に言い聞かせた。

「俺は本番に強い男だ」

小学校の運動会、準主役を演じた学芸会、中学のバスケ部の試合、そして大学受験。いつも「ムリに決まってる」と言われながら、逆境をはねのけてきたじゃないか。

最後にプロジェクトチームのみんなの顔を見た。

「じゃあ、立ち姿の撮影からお願いしまーす!」

鎌田氏のかけ声とともに、全員が所定の位置につく。私は第二レーンのスタートラインから十メートルの地点で仁王立ちになり、バランスをとった。三台のカメラがスタンバイしている。北村が私の肩から手を離し、全員がカメラの後ろにまわった。

こんなに人から離れた位置に一人で立つのははじめてだった。もし転倒したらという恐怖心が頭をよぎる。のちにこの映像を見た人たちから、口をぎゅっと結び遠くを見て立つ私の姿を評して「凜々(りり)しい表情が格好よかった」という言葉をいただくことになるが、じつはこのとき、私は必死に恐怖と闘っていたのだ。

立ち姿の撮影は、何ごともなく終了した。いよいよ歩行測定だ。

身体を慣らすために、まずは北村の肩を借りて歩いた。その間もずっとカメラが追いかけてくる。右足、左足、右足、左足。ガシャッガシャッと重たい音をたてながら、数センチずつ前進していく。どれだけ汗をかいても目立たないようにと選んだ白いTシャツが、ものの五分で汗びっしょりになってしまう。

練習を繰り返すうちに、最初は数歩でバランスを崩していたのが、少しずつ長い距離を歩けるようになってきた。歩行にリズムが出てきたのだ。「いいね」「いけるかも」という、まわりから聞こえてくる声にも背中を押された。

十五分ほどで休憩になった。義足を外し、椅子に深く腰掛ける。

「もしかしたらいけるかもしれない。よい感触が残っているうちに、決めてしまおう」

淡い手応えを感じはじめていた私は、休憩もそこそこにトラックに戻ることにした。

ふたたび、第二レーンへ。

まっすぐに立つ。前を見据える。北村の手が離れる。私は、ゆっくりと息を吐いた。

ドッドッと打つ心臓の音を感じながら、慎重に左足を振り出す。静まりかえるスタジアムに、ガシャッという着地の音が響く。次は、右足。バランスを崩さないように、そっと引きずるようにして振り出す。

「倒れないように」

頭の中は、それだけだった。

「倒れないように」

「倒れないように」

いつもならすぐに前のめりに倒れてしまうのに、三歩、四歩と歩いてもバランスが崩れない。

「倒れないように」

「倒れないように」

次第に、身体が熱くなってくる。ロボット義足でこんなに長い距離を歩くのは、はじめてだった。それにしても、この義足は重い。重すぎる。

息が乱れ、汗が噴き出る。上半身がぐらつくと身体を後ろに反らせてバランスをとる。ああ、もう、義足を持ち上げられない。鉛のように重たい足を無理に上げようとして、バランスが大きく崩れる。ダメだ、限界だ。

「あたっ!」

思わず、声が漏れる。身体が前に倒れる。北村が駆け寄り、私の身体をキャッチする。私は乱れる息で肩を揺らしながら、ゆっくりトラックに腰を下ろした。

一気に緊張がゆるみ、全身が疲労に包まれた。その場にいた全員が駆け寄り、メジャーで歩行距離を測定する。

「七・三メートル!」

ワアッと声があがった。これでなんとか超福祉展で公開する映像も作れるだろうか。私は安堵(あんど)して、そのまま地面に仰向(あおむ)けになった。

母の涙

十一月十三日の十八時半、渋谷ヒカリエ八階のシンポジウム会場は、百名を超える参加者で膨れ上がっていた。

「たいへんお待たせしました。この回が、二〇一八年超福祉展の最後のシンポジウムとなります。『JST　CREST　クロスダイバーシティ』と題して、たくさんのゲストの方をお招きしています。まず最初にご紹介するのは、この研究の代表を務める筑波大学准教授の落合陽一先生です」

司会者の紹介に大きな拍手が湧き上がると、いつものようにヨウジヤマモトの黒い服を身にまとった落合氏が登場した。

「我々の社会は少子高齢化が進み、人口も減少カーブを描きはじめました。人間には年齢を重ねていくにつれて、歩くことができない、目が見えない、耳が聞こえないなどの身体的な問題が発生します。我々に取りうる手立てには何があるのだろうということを考えました」

落合氏は「クロスダイバーシティ プロジェクト」の全体像を語りはじめた。

動かなくなった身体にロボティクス（ロボット工学）の技術を入れれば、高齢者が高齢者でなくなる、障害者が障害者でなくなる。落合氏はそのための研究だということを力説していた。

研究テーマはおもに四つ。そのうちの一つが遠藤氏の義足プロジェクトだが、並行して、落合氏による車椅子などのプロジェクト、菅野裕介大阪大学准教授による人工知能の研究や、富士通の本多達也氏による聴覚支援技術を開発する研究も進められている。この日は四人の研究者全員が登壇し、それぞれの研究の成果や今後の見通しなどを語った。

だが、この日の主役はなんと言っても遠藤氏だ。

「今日は遠藤さんのほうから、いままで取り組んできたプロジェクトの発表があると思うので、よろしくお願いします」

落合氏がマイクを置いて次の予定のために会場を去ると、司会者がこう続けた。

「それでは次のゲストをお招きしたいと思います。ソニーコンピュータサイエンス研究所研究員の遠藤謙さんです。よろしくお願いいたします」

義足プロジェクトは、それまでいっさい公表されていなかった。シンポジウムの参加者は、何が始まるのかまったくわからなかったはずだ。

「新しいプロジェクトのローンチ（立ち上げ）としてこの場所を選ばせていただきました。まずは映像を見てもらいたいと思います」

壇上の遠藤氏のひと言で、プロジェクターに映像が映し出された。ランニングスタジアムでの撮影から中三日で、鎌田氏が仕上げてくれたものだった。

ロボット義足を紹介するズームアップの映像からスタートしたのに続いて、画面いっぱいに、遠藤氏のＭＩＴ時代の恩師であるヒュー・ハー教授の言葉が映し出された。

「障害者というものは存在しない。ただ身体的障害を克服するテクノロジーがないだけなのだ」

続いて、「ＯＴＯＴＡＫＥ ＰＲＯＪＥＣＴ ２０１８」のタイトルが浮かび上がった。

会場は静まりかえっている。誰もが真剣な表情で画面に見入っていた。

ドキュメント映像は、私のオフィスでの採寸の場面から始まった。そして、ソケットに足をつけただけの短い義足ではじめて歩いた瞬間。リビングのソファに座り北村にソケットを装着してもらう姿。少しずつ義足を高くして練習する風景。これまでのプロジェクトの取り組みが、次々に映し出されていく。「これ（義足）でテレビのスタジオにスタスタ入っていったら笑えるなあ」などと無邪気に話している自分の姿がなつかしい。

映像はクライマックスに向かう。ランニングスタジアムでの歩行測定だ。腰が反っているせいで、お腹がぐっと前に突き出てしまっている。顔も緊張でこわばっていて、倒れそうになると情けない声が出る。七・三メートル。お世辞にも格好いいとは言えないが、これが現時点でのベストパフォーマンスだ。九分二十四秒の映像に、プロジェクトメンバーのこれまでの格闘が凝縮されていた。

映像の上映が終わり、司会者から私の名前が呼ばれた。大きな拍手に迎えられ、電動車椅子で登場する。沖野氏や小西氏もいっしょに登壇し、今回のプロジェクトや義足に対する思いを語りあった。

「いやあ……すごいですよね。スペシャリストたちが自分たちの得意分野を持ち寄って、技術の粋を集めてできたのがあの義足で、あそこで僕が立てなかったり、歩けなかったりしたら、すべてがオジャンなんです。だからプレッシャーがきつかった」

それは私の嘘偽りない気持ちだった。なぜこれほどまでにプレッシャーを感じていたのかといえば、自分がもし失敗すれば、多くの人たちの思いを踏みにじってしまうことになるからだ。

遠藤氏が「今日は、僕はモデレーター（司会者）に徹します」とマイクを取った。

——乙武さん、義足を履いてみて何がたいへんですか？

「まずね、怖い。手がないので、転んだときには顔面で受け止めるしかないんですよね」

——義肢装具士の沖野さんに聞きたいんですけど、乙武さんのような四肢欠損の方で、義足で生活している人はいますか？

「両足の膝上切断の方は日本国内にもいらっしゃいますし、私も義足を作ったことがあります。ただ両足の膝上切断で、しかも両手もない方は日本では見たことがありません。ユーチューブの動画で海外の方をなんとなく見たぐらいで」

——もう一つ質問です。手がないことで歩くときに不利な点はありますか？

「バランスがとれないんですよね。転びそうになると人間は手でバランスをとりますが、乙武さんはそれができません。義足を竹馬にたとえることがありますが、乙武さんの場合は、両手を縛って高い竹馬に乗って歩いている姿をイメージしてもらうと、どれほどむずかしいことにチャレンジしているかがわかると思います」

竹馬に乗ったことのない私には、いま一つ実感しづらいのだが、観客はこのたとえにブンブンと首を縦に振って納得していた。

その後も、幼いころの義足体験や今回の義足のデザイン、日常の練習、そしてどれだけプロフェッショナルなメンバーがこのプロジェクトに参加しているのかを、順を追っててていねいにお話しした。

——今後の目標をお聞かせください。

遠藤氏に尋ねられた。

「そうですね。まだ七メートルほどしか歩けていないんですけど、街中で『乙武だ』と気づかれないくらいスタスタと歩けるようになったらいいよねと、プロジェクトメンバーと盛りあがっています。ただ、ほんとうの話をすると……」

ひと息つく。

「もっと歩けるようになったら、変装して週刊誌の目を欺(あざむ)きたいなと思ってます」

あまりにまじめな話が続くと、ついふざけてしまいたくなるのが悪い癖だ。

私はこのパネルディスカッションの最後に、義足プロジェクトの意義をこんな言葉でまとめた。

「会場のみなさんを見ても、眼鏡率は五割ぐらいでしょうか。みなさんにとって眼鏡はとても当たり前のものですから、眼鏡のテクノロジーってすごいよねとは言わないし、目が悪いことを障害とも言いませんよね。義足がもっと進化したときのことを想像してみてください。義足がいまの眼鏡のようにおしゃれになって、価格も誰もが簡単に買える程度になって、つまり義足が眼鏡やコンタクトレンズのようになったら、足がないことを誰も障害だと言わない時代が来るかもしれない。そういうプロジェクトに参加しているんだということを、私も登壇しながら学ばせていただきました」

じつは、会場に母を招待していた。彼女はこれまで私の仕事にはそこまで興味を示さなかったし、私自身も自分の仕事を積極的に伝えようとはしなかった。しかし、母は義足プロジェクトにだけはなぜか興味を持っている。はじめて義足を履いて歩いたときの動画もLINEで送っていたのだが、のちにこう告白された。

「私、あれ見て泣いちゃった」

四肢のない私とはじめて対面したときに「かわいい」と声をあげた楽天家の母が、私が義足で歩く姿に涙したというのだ。

「なんだかすごく『ああ、この子は障害者だったんだ』って思ったのよね。でも、なんでそのことに、いままで気がつかなかったんだろう」

不思議そうに首を傾げる母に「生意気だったからじゃない？」と返すと、「そうかもね」と笑いながら納得していた。

たしかに私は子どものころから、自分を「障害者」だと意識せずに生きてきた。それは障害に起因する困難をそこまで感じることなく生活してきたからだろうと思う。たいていのことは自分でできたし、どうしてもできないことは両親や友人たちが自然に手助けをしてくれた。ところが今回の義足プロジェクトでは、「歩く」というまさに障害に起因する困難に立ち向かっているのだ。そんな姿が、母には新鮮に映ったのかもしれない。

母のためにも、もっと歩けるようになりたい。その姿を、見せてあげたい。親孝行などと呼ぶにはあまりに気恥ずかしい思いが、私の胸の内に秘められていた。

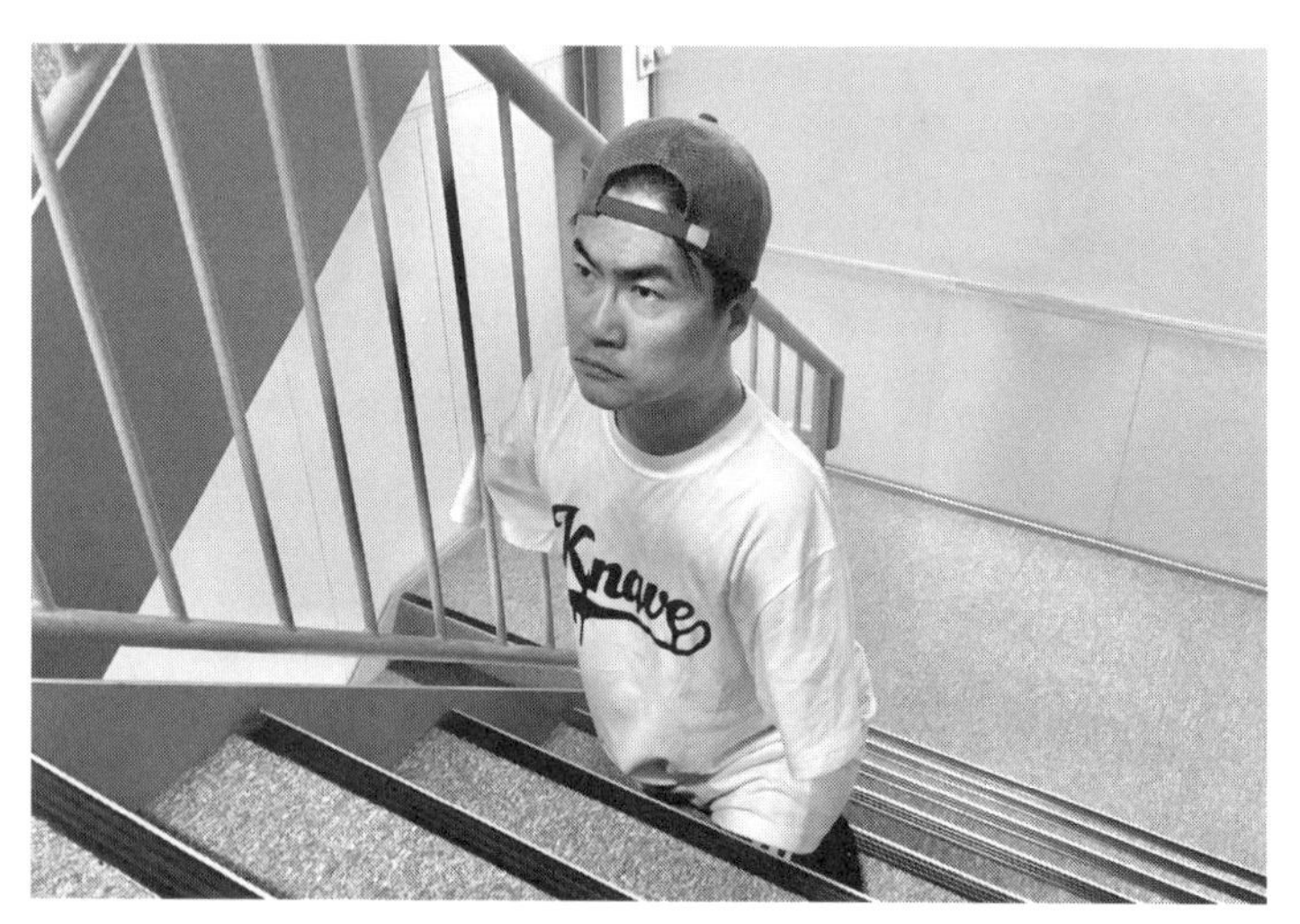

１階から３０階までマンションの
階段を上るトレーニングで脚力を鍛えた。

第五章
理学療法士「ウッチー」の登場

まっちゃんと肩を組む

二〇一八年十一月十六日の昼下がり、私はマネジャーの北村が運転する車で、台場のフジテレビに向かっていた。

この日に『ワイドナショー』の収録があることは、だいぶ前から決まっていたが、超福祉展の三日後ということで、番組の後半に義足プロジェクトの特集を組んでもらえることになった。

特集の収録は、平成最後の紅白歌合戦や大谷翔平（おおたにしょうへい）選手のメジャーリーグ新人賞受賞などの話題で盛りあがったあと、いちばん最後に組まれていた。

「うわあ、立ってる」

自宅で練習をする姿を見て、MCの東野幸治氏がつぶやく。

「トレーニングはハードですか？」

佐々木恭子アナが尋ねる。

「義足はみなさんの足と同じぐらいの重さですが、太ももまでしか足のない私にとっては、履くだけで筋トレ状態なんですよ」

私の説明を聞いた松本人志氏が興味を示してくれた。

「でも、乙武さんまだ若いから、技術も肉体も、この先まだまだ進歩していくんじゃないですか。小走りくらいいけたらすごいですけどね」

そんな松本氏に、私はこう提案した。

「じつは、今日やりたいことがあって。少し時間をいただけるなら、いまから義足を履いてきます。松本さんと並んで立って、肩を組んでみたいんです」

私がそう言った瞬間、東野氏は「やりましょう、やりましょう」と喜んでくれた。

私と北村はいったん控え室に下がった。汗だくになってもいいようにスーツからTシャツに着替え、両足にシリコンライナーを装着する。そして電動車椅子に乗って、スタジオに戻った。

いつもどおり、義足は北村に履かせてもらうのだが、この日に限って手こずっていた。

「マネジャーが履かせて、だいじょうぶなん?」と松本氏が聞いてくる。

北村はなんとか義足をはめ込んだが、この時点ですでに相当テンパっていた。めったにないテレビ出演だし、関西人の彼にとって「松本人志との共演」は夢のような機会だ。アガってしまうのも無理はない。

膝のスイッチを入れないと、膝は身体の重みで折れ曲がってしまう。この時点ではまだ膝が曲がる状態での練習はしたことがなかったので、スイッチを入れて膝が曲がらない状態にしなければならない。ところが一週間前のランニングスタジアムでの撮影時にはじめてかぶせられた外装カバーのために、それまでむき出しだった膝のスイッチの場所がわかりにくくなっていた。

「左足のスイッチが見当たらない……」

北村の不安げなつぶやきを松本氏は聞き逃さなかった。

「スイッチが見つからない？　いやいやいや。チェックインしたばかりのホテルの部屋やないんやから」

「コンセントどこにあるかわからない、みたいなね」

東野氏がすかさずフォローするが、その声は私の耳にもほとんど入ってこなかった。北村の焦りがすっかり私にも乗り移っていたのだ。

五分ほど経過しただろうか。さすがにこれ以上は出演者やスタッフのみなさんをお待たせすることはできない。私は片足だけなら膝が曲がる状態でも立てるだろうと判断して、北村に声をかけた。

「このまま立っちゃおうか」

北村に脇を抱えられ、太ももに力を入れる。いつもと違い左膝がぐらぐらするのが気になったが、腹筋にいつも以上の力を入れて、スタジオの滑りやすいフロアを踏みしめる。

「いまから松本さんと乙武さんが肩組みますよ」

スタジオの東野氏はそう言って、これから始まる「世紀の一瞬」を逃さないようにと、カメラに合図を送った。

「じゃあ、離します」

マネジャーの北村が、おそるおそる私の身体から手を離す。立てた。同時に、松本氏が鍛え上げた自慢の太い腕を、私の肩へとまわしてくれた。

「うわあ、なんか新鮮！」

私の顔のすぐとなりで、松本氏の声が響いた。私も同じ気持ちだった。体温が、じんわりと伝わってくる。

「この写真、あとでください！」

カメラがまわっているのも忘れ、私はスタッフに向かってそう叫んでいた。

左膝は曲がる状態のままだったが、「あの松本人志と肩を組んでいる」という高揚感に、私はわずかでも歩く姿を見てもらいたいと思いはじめた。

「前に来られる？」

私は小声で北村につぶやくと正面から腕を支えてもらい、そろりと一歩を踏み出した。

「すごい、歩いてる」

驚きの声をあげる佐々木アナの声に後押しされるように、また一歩、また一歩と、足を前に振り出した。

北村に支えられたままで、とても「歩けた」と言えるものではなかったが、一メートルほど前に進むことができただろうか。

「乙武さんとはよくご飯食べに行ったりしますけどね、肌と肌が触れあってことがなかったんですよ」

松本氏がそう話すのを聞きながら、たしかになと思った。

「そうですよね。いつも車椅子に囲まれているんで」

ここで松本氏が渾身のボケをかました。

「いつか二人で歩いて風俗行きましょうね」

私は笑いながら頷いた。すかさず東野氏から「断りなさいっ!」とツッコまれたが、

「まっちゃん」とのツーショット写真は、私の宝物になった。


『ワイドナショー』の反響は、とても大きかった。

「頑張ってください」「励みになります」――ツイッターなどで寄せられるメッセージは熱い応援メッセージばかりだった。

「今回のプロジェクトのことを知って、もう一度応援したいと思いました」という声もあれば、「あの騒動があってからもずっと応援していました」という声もあった。ひさしく誰かに応援されることがなかったせいか、胸にこみ上げるものを感じた。

もしロボット義足で四肢欠損の私が歩けるようになったら、足を失って失意の底に沈んでいる人に、これから義足を使うことになる人に、もしかしたら障害以外に困難を抱えている人にも、勇気を届けることができるかもしれない――そう考えて参加したプロジェクトだった。だが、勇気をもらっているのは、じつは私なのかもしれないと気づいた。

こんなメッセージもあった。

「理学療法士はプロジェクトに参加していないんですか?」

理学療法士は医療に関する国家資格で、怪我(けが)や病気などの影響で身体に障害がある人に対して、立つ、座る、歩くなどの動作能力の回復や維持を目的に医学的リハビリテーションを行う専門職だ。まさに「身体のプロ」である。

これまでのプロジェクトメンバーである遠藤氏、沖野氏、小西氏は、いずれもテクノロジーやデザインを専門とする、いわば「義足のプロ」だ。義足を進化させていくうえで、これほど心強い人たちはいない。しかし、私自身がその義足を履いて歩けるようになるためには、たしかに「身体のプロ」に加わってもらう必要があるのかもしれないと思った。

遠藤氏にそのことを伝えると、まさに遠藤氏も「身体のプロ」の必要性を考えているところだったらしく、「理学療法士としての信頼感に加えて、若い世代を条件に人選していますす」という返事が返ってきた。

魔法使いがやってきた

十二月十九日。よく晴れた日の朝、一人の理学療法士が遠藤氏にともなわれてわが家にやってきた。

内田直生(うちだなおき)氏。二十五歳。

「おはようございます！」と人当たりのよい笑顔で、元気いっぱいに挨拶をする姿には好感が持てた。だが、大学生と言っても通用しそうな若々しさ。経験も少ないだろうし、だいじょうぶだろうかと心配になったが、遠藤氏の人選を信じるしかない。

まずは、私の股関節や上半身にどれだけ柔軟性があるかを見てもらうことになった。はじめに「股関節の伸展」の計測から。うつ伏せになり、太ももまでの短い足を天井に向かって後ろに反らす。ところが、後ろに反らすどころか、水平にすらならなかった。

「かなり硬いです……」

内田氏が低い声でつぶやいた。

次に「股関節の内転」を計測する。仰向け(あおむ)になり、足を内側に閉じて交差させようとしたが、真ん中に寄せるのが精いっぱいだった。

内田氏はこれまでの経験から、車椅子使用者の股関節が硬くなりがちなことを知っていたが、私の股関節はいままで見てきたどの患者と比べても最上位の硬さだという。

「まずは股関節の可動域を広げるためにストレッチをやりましょう」

やさしい笑顔でそう言われ、私はリビングのコルクマットの上で横になった。そばで見ていた北村から「いいなあ、気持ちよさそう」と羨望のまなざしを受けるほど入念なストレッチを二十分ほど受けたあと、いよいよ義足での歩行を見てもらうことになった。

いつもどおりに平行棒の間で唸り声(うなりごえ)をあげながら足を振り出していると、その様子を見ていた内田氏が私に声をかけた。

「乙武さん、腰、痛いですよね」

まだ歩行の課題も、腰の痛みや背中の張りについても共有していなかったのに、何歩か歩いただけで言いあてられた。

「そうなんだ。長年の習性で身体がLの字に固まってしまっているから、どうしても前かがみになって、そのまま倒れてしまう。そうならないように身体を後ろに反っているから か、腰の痛みと背中の張りがひどくって。義足の練習を始めるまでは、こんなことなかったんだけどね」

そう答えると、内田氏は少し考えてから、私に歩く際のポイントを伝えてくれた。

「わかりました。では、乙武さん、二つだけ意識してみてください。まず身体の中に棒を入れられて、その棒が上に上にひっぱられるイメージを持ってください。もう一つは、いままでは前に体重を移動させて歩くイメージを持っていたと思いますが、それだと前のめりになって倒れやすくなるので、身体を左右に振るイメージで歩いてみてください」

言われたとおりに、身体の中の軸を意識してピンと背筋を伸ばしてみる。そうしてペンギンが歩く姿を思い浮かべながら、重心を左右に振るイメージで前に進んでみた。

するとどうだろう。それまでは一歩ごとに倒れそうになっていたのが、バランスを崩しにくくなり、これまでよりずっと安定した姿勢を維持できるではないか。

「あれ、すごい!」

まるで魔法にかかったような気分だった。

平行棒の外で歩いてみた。もちろん転倒の恐怖感は高まったが、二つのイメージのおかげで、それまでのようにガチガチに緊張することはない。リビングのフローリングの上を歩きながら、私は大きな変化を感じとっていた。

「乙武さん、抜群の感覚の持ち主ですね。言ったことをすぐに身体で表現できる人なんてめったにいません」

的確でわかりやすい説明と、やる気を出させるひと言。内田氏は、私のツボを心得ていた。そう、私はほめられて伸びるタイプなのだ。

「いやあ、内田君が来てくれて、なんだか希望が湧いてきた」

「よかったです。僕のことは、気軽にウッチーって呼んでくださいね」

こうしてウッチーは、義足プロジェクトの新メンバーになった。

ウッチーこと内田直生氏は、一九九三年、三人きょうだいの長男として新潟県長岡市に生まれた。両親は熱烈なJリーグファン。アルビレックス新潟の家族全員分のシーズンパスを購入し、ホーム戦の開催日はかならず一家で新潟まで応援に駆けつけていたという。

そんな環境が、彼に大きな影響を与える。小学五年生から地元のクラブチームに入り、中学卒業までサッカー一筋の学校生活を送った。高校は、公立校では県内有数のサッカーの実績を誇る県立長岡向陵高校を目指すことにした。中学三年九月の模試がD判定だったのを機に一念発起すると、親に頼みこんで塾に通い、駆け込みの猛勉強で見事合格を果たした。

高校でもサッカー部で活躍したが、同時に自分の将来について現実的に考えはじめる。

「中学くらいまではJリーガーを夢見たりしましたけど。僕たちの代は全国大会にも行けなかったし、サッカーの道を突き進むのはむずかしいかなと」

サッカー選手は無理でも、スポーツに関わる仕事に就きたいと思った彼は、大学受験を前にどんな選択肢があるのかを調べてみた。すると、Jリーグのトレーナーにはアスレチックトレーナーの資格を持つ人が多いことがわかった。ほかにも身体を扱う仕事はたくさんあった。理学療法士、柔道整復師、鍼灸師、あん摩マッサージ指圧師――いろいろある職種のなかで、看護師の母から「国家資格がある仕事がいい」と勧められたのが理学療法士だった。スポーツの世界に直結したアスレチックトレーナーは、民間の認定資格だったのだ。

母の勧めに従い、高校卒業後は千葉県千葉市にある植草学園大学理学療法学科に入学する。最初の一年はとにかく座学。解剖学や生理学の基礎知識を詰め込む日々にやる気をなくしかけたが、後期になって転機が訪れた。

「運動療法学という授業があったんです。これも座学でしたが、疾患別の運動療法をケーススタディで学んでいきました。脳卒中の人にはこんなトレーニング、腰痛や肩こりの人にはこんなトレーニングという感じで。それが僕には楽しくてなりませんでした。試験の結果が発表されたときも上位五名のなかに入っていて、すごくうれしかったです」

二年生になると、千葉県内の病院ではじめての臨床実習があった。三日間、理学療法士の先生とともに患者の話を聞き、はじめて患者の身体に触れた。臀部（でんぶ）のストレッチをしたときには、解剖学の授業で学んだ大臀筋（だいでんきん）の形がはっきりと頭に浮かんだ。

「あ、ここが痛いのならここをストレッチすればいいんだ。なるほどそうか、この日のために座学があったんだと思いました」

点と点がつながるおもしろさを味わい、さらに理学療法の世界にのめりこんだ。

ところが、三年生の終わりに思わぬ形で挫折を経験する。

「内田君は患者さんとのコミュニケーションがとれていません。自分のことをしゃべって盛りあげているだけで、患者さんに対する尊敬の気持ちがありません」

大学病院での三週間に及ぶ臨床実習の初日、担当の理学療法士からそう告げられた。何を言われているのかすぐには理解できず、ポカンとしてしまった。

自信を持って臨んだ実習だった。大学でも友人が多かったし、バイト先の居酒屋でも評判がよかった。自分ではコミュニケーション能力が高いと思っていた。にもかかわらず、病院の先生からバッサリと斬られてしまったのだ。

「先生の言葉はすぐには受け入れられなかったのですが、それをきっかけに患者さんのことを深く考えるようになりました。あの言葉があったから、いまこうして理学療法士として仕事ができているし、乙武さんの前にいられるという気がします」

この三週間を境に、「話し上手のウッチー」は「聞き上手のウッチー」に変身する。

「痛いところはどこですか?」

「いちばん痛かったときを十とすると、いまはいくつぐらいですか?」

「前と比べて変わったところを教えてください」

そんな質問を繰り返し、患者さんが自分の身体の状態を言葉にできるように促した。それは彼自身の理解のためだけでなく、患者さんに自分の身体を知ってもらうためにも有効なことだった。

大学卒業直前に県内の病院で行われた八週間の臨床実習では、術後のリハビリテーションに取り組む六十代後半の男性患者を担当した。膝の軟骨がすり減ってしまったために人工膝関節の手術を受けたのだが、リハビリを頑張りすぎたことで膝のまわりの筋肉が炎症を起こしてしまい、膝が九十度ぐらいしか曲がらない状態だった。

膝は少なくとも百十度は曲がらないと、階段をスムーズに上ることができない。週二回のリハビリテーションでは、これ以上炎症を起こさないように股関節や体幹などへのストレッチを行った。決められた時間以外でも、リハビリテーション室で見かけるたびに声をかけ、気づいたことをアドバイスした。

八週間後、男性の膝は百四十度まで曲がるようになり、階段の上り下りも問題なくできるようになった。実習最終日にその男性からもらった手紙を、彼はいまでも大事に保管している。そこにはひと言「人間素直がいい」と書いてあった。

「僕のことを素直だと思ってくださったなら、うれしいのですが……」

スポーツに関わりたいという高校時代の思いは、大学時代の臨床経験を経て、もっと深い部分で患者とつながりたいという思いに変わっていく。

「脳卒中などの患者さんに対して、退院後も自宅で支障なく暮らせるように、部屋の中の家具やベッドなどの配置、お風呂やトイレの設計などにまで理学療法士が気を配ることを知りました。そういうふうに患者さんの人生に関わるのは、やりがいがあるし、おもしろそうだと思ったんです」

大学卒業直前の二月に行われた理学療法士国家試験にも無事合格し、卒業後は柏(かしわ)市内の総合病院で働くことになった。

しかし、働きはじめて数ヵ月で一つの壁にぶつかる。同じ症状で診療を繰り返す高齢者がとても多いことを知ったのだ。いつも同じ人が同じ身体の痛みを訴えてくる。予防医学の重要性が認識されない限り、高齢者医療が抱える問題は改善されないと痛感した。

「日本人はもっと若いときから身体のことを考えるべきだ……」

いまの自分に何ができるのかは見当もつかなかったが、まずは病院以外の世界に知見を広げようと心がけた。休日を使ってスポーツやフィットネスのイベントに参加したり、海外留学のイベントのボランティアスタッフを務めたりした。人に話を聞くインタビュアーの仕事をしたこともあった。

ところが、その結果、体調を大きく崩してしまった。前向きに動きすぎたために、電池切れを起こしてしまったのだ。まもなく、彼は病院を退職した。

内田氏が現在勤務しているトレーニングジム「ディーアクション（D,ACTION）」代表の三宅修司（みやけしゅうじ）氏と出会ったのは、ちょうどそのころだった。「予防医学の重要性」について熱く語ると、三宅氏は真剣に聞いてくれた。そして、「その思いは若い人を対象にしたパーソナルトレーニングでこそ実現できるのではないか」と同ジムで働くことを勧められた。内田氏は、いまもフリーの理学療法士としての活動を続けながら、ディーアクションでインストラクターとしても勤務している。

じつは、このディーアクション代表の三宅氏と義足エンジニアの遠藤氏は旧知の仲だった。義足プロジェクトの新メンバーを探していた遠藤氏から相談を受けた三宅氏が、この若き理学療法士に白羽の矢を立てたのだ。

三宅氏が押した太鼓判は、間違いがなかった。「義足のプロ」の遠藤氏と沖野氏にていねいに教えを乞い、私の話にも真摯（しんし）に耳を傾け、自分なりに考えたアドバイスをとてもわかりやすい言葉で伝えてくれる。内田氏は「身体のプロ」であるだけでなく、「コミュニケーションのプロ」でもあったのだ。

「二〇一九年は楽しい一年になりそうだな」

メンバー全員がそう感じながら、義足プロジェクトは新しい年を迎えようとしていた。

肉体改造計画

平成最後の年が明けた。二〇一九年一月九日、プロジェクトメンバーがわが家に集結すると、練習のあと全員でピザを食べながら今後のことを話しあった。チームリーダーの遠藤氏はこの先の壮大な構想を語ってくれたが、正直なところ、私の頭はそこまで考える余裕がなく、文字どおり「足元」を見るだけで精いっぱいの状況だった。

内田氏との練習は毎週水曜日の午前中、わが家のリビングルームで行われることになったが、彼は私との練習を重ねるうち、一つの不安を募らせはじめる。

「乙武さんは、これまでの人生で一度も歩いたことがない……」

幼いころに義足の練習をしていた時期があるとはいえ、私には当時の感覚がまったく残っていない。つまり、歩行経験がないのだ。内田氏は、そのことがこれからの私にとって最大のハンデになると考えた。

以前働いていた病院でのリハビリ風景を思い浮かべても、義足を履く人の多くは事故や病気で後天的に足を失った人たちだった。彼らは往時の感覚を思い出しながらリハビリをすることで、歩けるようになっていった。

ところが、私にはその思い出すべき感覚がない。

「乙武さんは、頭で歩いているんです」

遠藤氏からは、そう言われていた。健常者は無意識のうちに両足を交互に前に出してスムーズに歩いているが、私にはその感覚を養う機会がなかったため、歩行を頭で理解し、考えながら足と身体を動かしているというのだ。

遠藤氏は、こうも言っていた。

「足を前に踏み出すと、重心が身体の前方にはみ出します。その足が地面に着地すると、重心が身体の内側に戻ってきます。その繰り返しが歩くということなんです。重心が前方にはみ出すのを怖(こわ)がらないようにならないと、なかなか自然な歩行に近づきません」

私はどうしても前のめりに倒れ込んでしまう恐怖感が拭(ぬぐ)えず、「重心を前方にはみ出させる」ことができずにいた。頭でわかっていても、どうしても足を前に出すことに慎重になってしまうのだ。遠藤氏の言う「自然な歩行」にはほど遠い状態だった。

内田氏は私の脳に「自然な歩行」を覚えこませるため、根気強く声をかけ続けてくれた。病院での臨床経験の賜物(たまもの)だろう。

「左足はどうですか？」

「いま左の骨盤に体重が乗っているのがわかりますか？」

「前回の練習のあとはどうでしたか？」

私は内田氏の問いに答えようと、必死に自分の身体から発せられる声に耳を澄ました。

「ちょっと痛いかもしれない」

「ああ、わかるかも。この感覚、はじめてかもしれない」

「腰は痛くなくなったけど、背中の張りはまだあるかな」

そんなやりとりを繰り返していたら、私は自分から考えるようになった。

「足を外側から振り回すイメージで歩いてみたらどうだろう」

「重心をどこに持っていけば歩行姿勢が安定するだろうか」

遠藤氏の言うとおり、私は頭で歩いているのだった。

内田氏との練習はストレッチと歩行練習の二部構成で行われた（写真160〜161ペー

ジ)。ストレッチにも十分な時間をとったのは、まずは股関節の可動域を広げることが重要だと考えたからだった。

「いまのところ乙武さんは、股関節の硬さを上半身をうまく使うことで補っています。ただ、ストレッチで股関節の可動域が広がってくると、いまよりずっとスムーズに足を前に出せるようになると思うんです」

自然な歩行のためには、最低でも十五度は足を後ろに反らせるようにならないと、と言われていた。ところが、身体がL字形に固まっている私は、後ろに反らすことはおろか、I字形に伸ばすことさえできずにいる。

「痛くないですか?」

「うん、だいじょうぶ」

内田氏は、仰向けになると足全体が床から浮き上がってしまう特殊な身体と向きあい、時間をかけて筋肉をほぐし、凝り固まった股関節をゆるめてくれた。

股関節の柔軟性を高めると同時に、足の筋力強化も大きな課題だった。そこで、以前から続けていた階段トレーニングに、新しいメニューが追加された。

その名も「ソファ・トレ」(写真162ページ上)。ソファの背につかまり、片足を上げた状態を一定時間キープするという、見た目にとても地味なトレーニングなのだが、これが驚くほどキツかった。

「まずは右足からやってみましょうか。左足を上げて、右足だけで体重を支えてくださ
い。いいですか、そのままの姿勢を一分間キープしてくださいね」

そう言いながら、内田氏はタイマーのスイッチをオンにする。私は、かけ声に応じて左足を上げた。一分が経過した。

「うん、ぜんぜん問題ない。これだったら、まだ数分は立っていられそう」

右足で立つことは、できた。

「では、次は右足を上げてください」

左足を下ろし、今度は右足を持ち上げる。いや、持ち上げようとした。

「あれ、ダメだ……上がらない」

右と左でこんなにも差があるのかと愕然(がくぜん)とさせられた。

私は電動車椅子から下りても、短い距離なら歩いたり、階段を上ったり下りたりすることができる。そのとき、私はつねに短くて太い右足を軸足にしている。そんな動きを四十年近く続けてきたせいで、何をするにも右足に頼るようになっていたのだ。自然と右足だ

けが鍛えられてきたという弊害を解消するため、左足のトレーニングを重点的に行うことになった。

「左足は、まずは三十秒を目標にやってみましょう」

右足の半分の時間設定だが、それでもクリアできない。

「ああ、もうダメ……」

「まだ十五秒ですよ」

内田氏の声もむなしく、私は足を下ろし、そのまま床に座り込んでしまった。息は切れ、首筋からはどっと汗が噴き出していた。


義足歩行の練習は、週に二回のペースで行っている。一回は内田氏と、もう一回は北村と行う自主トレだ。だがそれ以外にもちょっとした空き時間を見つけては、ストレッチやソファでの筋力トレーニングを行うようにした。

年末から「ｎｏｔｅ」に投稿を始めたのもいいタイミングだった。「ｎｏｔｅ」は文章や画像などを自由に公開できるプラットフォームだが、そこで私は、時事コラムや連載小説、はたまた義足プロジェクトの状況などを配信する定期購読マガジンを運営することにしたのだ。

当然、自宅で執筆する時間が長くなる。そこで、原稿が行き詰まったときや息抜きをしたいときに、机に手をかけて腰を伸ばすストレッチをしたり、すぐそばにあるソファまで移動して、片足立ちのトレーニングをしたりするようになった。

毎日そんなことを繰り返していると、一月の終わりにはさっそく効果が表れはじめた。

「ウッチー、左の片足立ち、三十秒は余裕でいけるようになってきた」

筋肉がついてきたのが自分でもわかる。

「乙武さん、すごい。歩くときにちゃんと内転筋が使えていますよ」

内転筋とは股関節の内側についている筋肉で、太ももを内側に閉じるときに使うのだという。それまでのガニ股気味だった歩行が、内転筋が鍛えられてきたことで、足先が開きにくい歩行へと改善された。そのおかげで、また一段と「自然な歩行」に近づくことができた。

ストレッチの効果も表れはじめた。腰痛がすっかり解消されたのだ。

義足を履いて歩くとき、L字形に固まり前かがみになった身体が前に倒れないように、身体全体を無理やり後ろに反らせていることが腰痛の原因だった。ところが、股関節を柔らかくするストレッチを続けたおかげで、少しずつL字形の身体がほぐれてきた。さすがにピンとI字形になったとは言えないが、それでも立ったときの姿勢は前よりもずっとよくなり、腰にかかる負担が軽減された。

二月十三日。この日の内田氏との練習には遠藤氏や沖野氏も参加していた。いつもどおりに義足を装着し、北村に支えられて立ち上がる。右足に重心をかけ、左足を振り出そうとしたときのことだった。

「足先を感じる！」

私は驚きの声をあげた。

「いま、たしかに、膝から下に足があるように感じた。脛骨(けいこつ)というのかな」

そう言うと、例によって内田氏の質問攻めが始まった。

「足先を感じるのは右足ですよね。親指や小指も感じますか？」

「脛骨の横の腓骨(ひこつ)はどうですか？」

最後にこうも言われた。

「きっと、脳の皺(しわ)にもしっかりと記憶が刻まれましたよ」

やはり、私は「頭で歩いている」のだ。

その日は平行棒内での歩行と室内の四メートル歩行をそれぞれ二往復ずつ行い、いつも以上に成果の高い練習になった。ソケットを外すと、沖野氏が私の足に触れてきた。

「うーん、両足ともけっこう太くなってますね。前まではぷよぷよだったのが、筋肉がついて硬くなっていますす」

沖野氏は目を丸くしながら、「ソケット、新しく作りかえたほうがいいかもな」と興奮気味に声をあげた（写真162ページ下）。

こうして私は、アスリートになったわけでもないのに四十歳を過ぎてから、肉体改造に励むことになったのである。

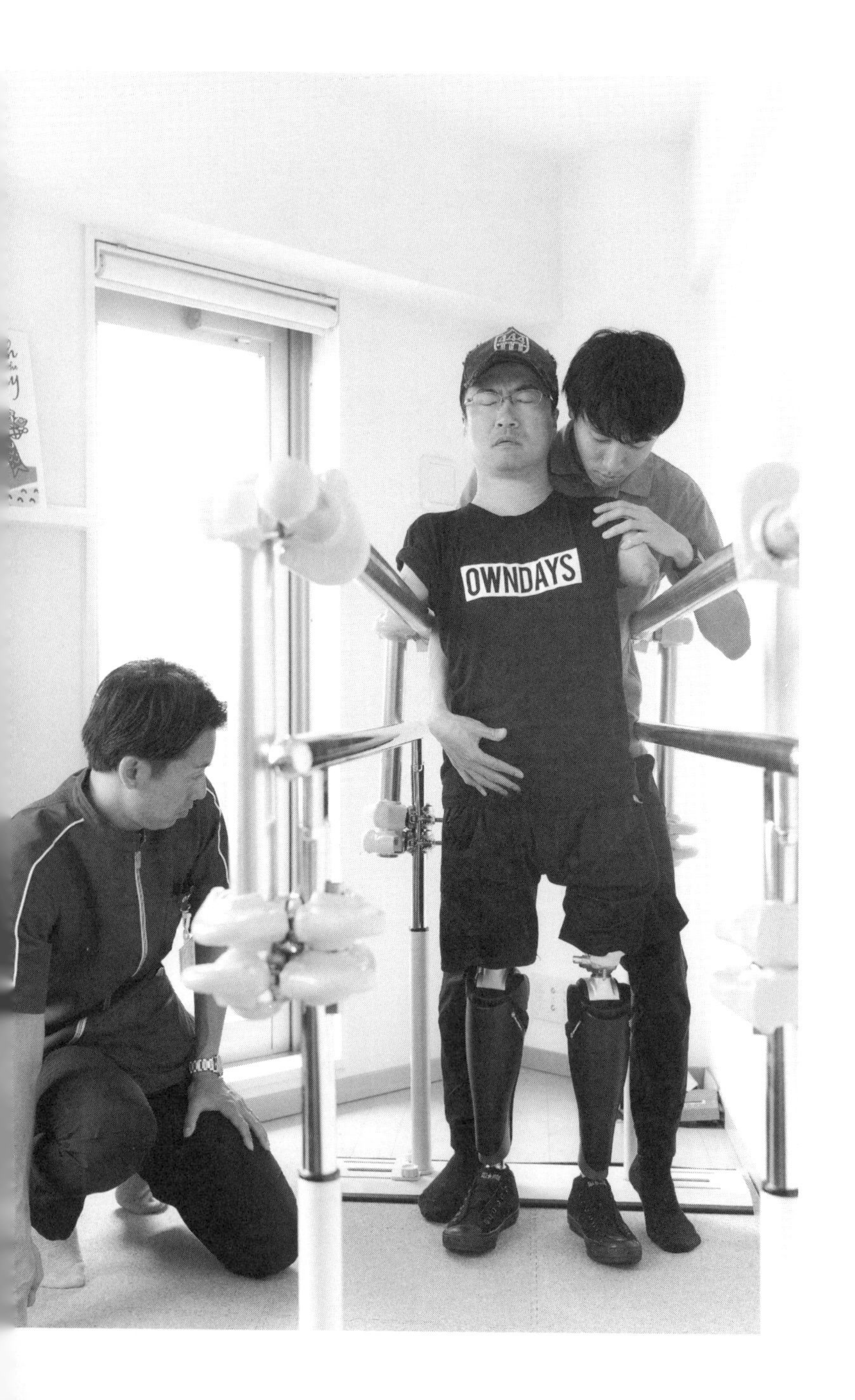
OWNDAYS

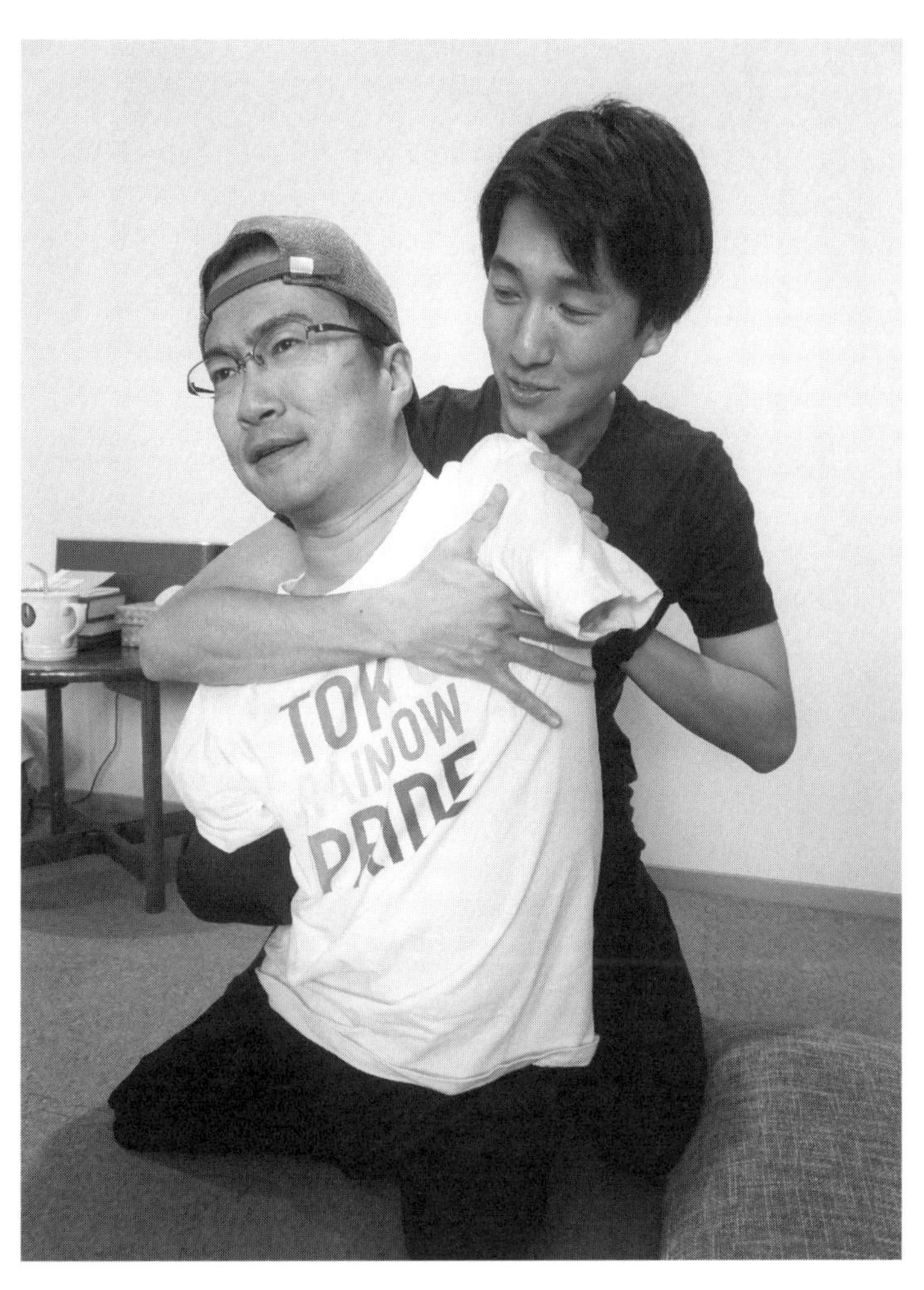

自宅でのトレーニングはストレッチと歩行練習の２部構成。
理学療法士・内田直生氏から両腕の可動域を広げるためのストレッチを受ける。（左）
体重をバランスよく左右の足に乗せることが義足歩行のポイントだ。（右）

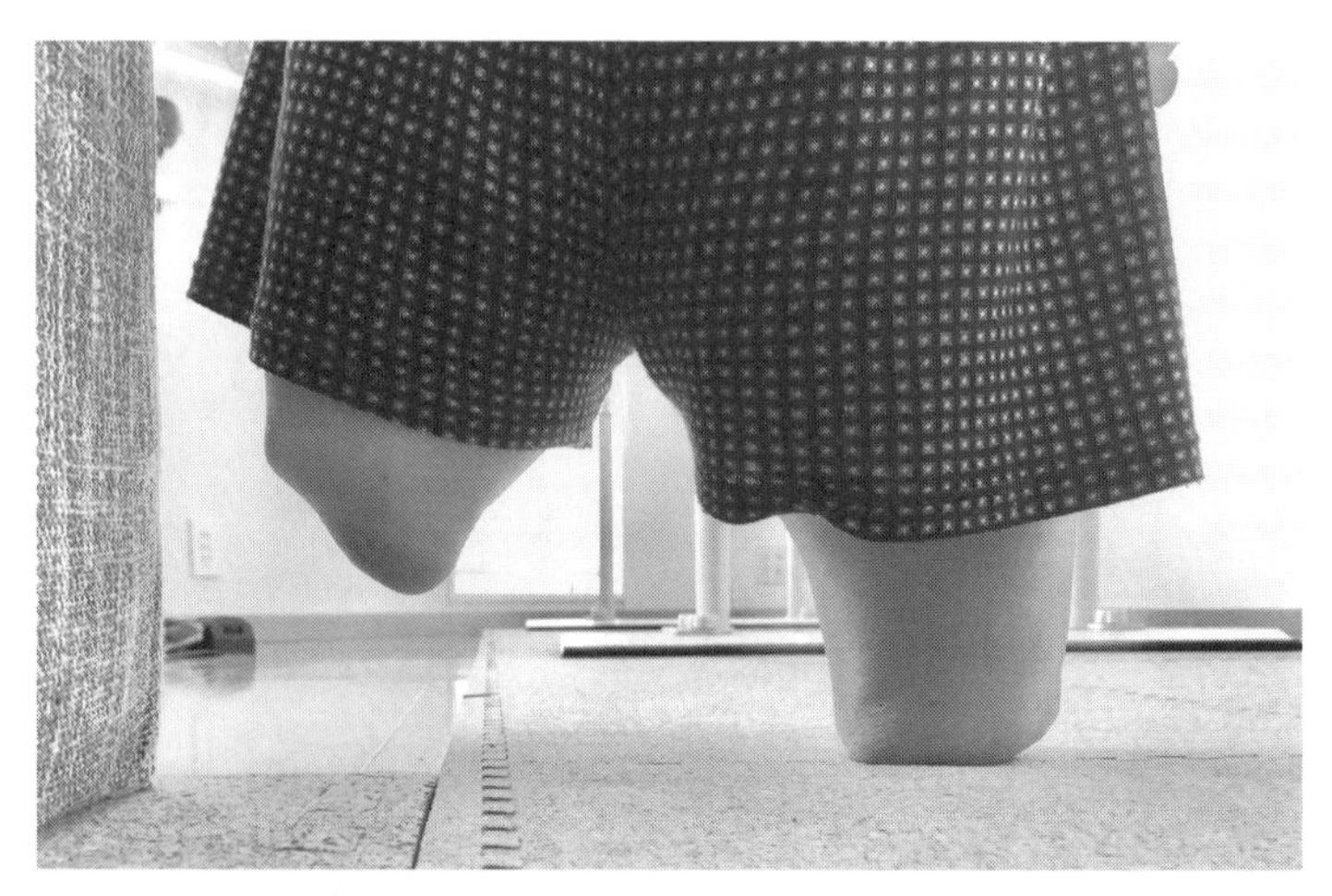

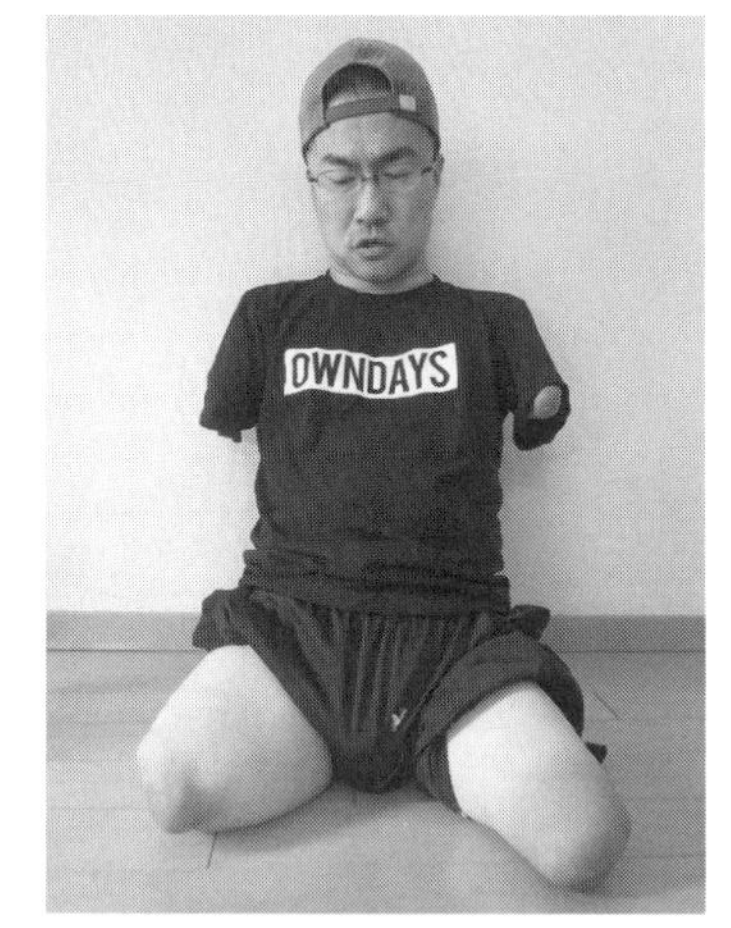

足の筋力強化に「ソファ・トレ」が果たした役割は大きい。(上)
著者の両太もも断端部。(下右)
とくに右足に筋肉がついたためソケットを作りなおすことになり、
石膏で採型を行った。(下左)

第六章
十メートル達成！

二千人のサポーター

遠藤氏から「全身のMRI画像を撮影しませんか」という提案があった。プロジェクトを進めていくうえで、私の骨格と筋肉を、詳細に把握しておきたいというのだ。

二〇一九年二月二十八日、遠藤氏、沖野氏、内田氏、そして私と北村の五人は、都内のある総合病院へ向かった。四肢欠損者のMRIを撮るのははじめてだそうで、担当技師は撮影用のベッドに寝そべる私の姿勢を入念に調整してくれた。

技師が「じゃあ撮りますよ」と言って部屋から出ていくと、私を乗せたベッドはトンネル型の装置の中へゆっくりと進んでいく。ヘッドホンから流れてくるシューベルトの『アヴェ・マリア』を聞きながら仰向けでじっとしていると、なんとも言えない神妙な気分になってきた。

三十分も経ったただろうか。技師が申し訳なさそうに「うまく撮れないんです」と言ってきた。私の足は仰向けになると外側に開く癖があるらしく、撮影の画面に収まりきらなくなったらしいのだ。技師は「少しの時間ですから我慢してくださいね」と告げると、私の両足を太いベルトで固定した。

撮影が終わると、診察室のモニターにMRI画像が並べられた。足の筋肉の付き方の左右差がよくわかる。技師は「右足の筋肉はアスリートレベルですね」と言ったあと、突然、声のトーンを低くした。

「正式な診断は専門の医師に委ねたいとは思いますが、左の股関節が脱臼しているように見えますね」

思いがけない事実だった。技師曰く、ずっとこの状態で過ごしてきたのだろうとのことだ。私の股関節は、本来の関節ではない場所に骨がはまって偽関節という状態になっているが、日常生活を送るぶんには支障がないらしい。手術などにより、脱臼している骨を一度外して本来の位置にはめるという選択肢もなくはなかったが、それがうまくいかなかった場合、これまで問題のなかった日常生活に支障をきたす可能性があることを考えると、さすがにそれはできなかった。

後日、第一章でも紹介した帝京平成大学の青木主税教授に相談したところ、日常生活に支障が出ないのであれば義足の練習は続けても問題ないが、股関節に負荷がかかりすぎると痛みが出るかもしれないから気をつけるように、というアドバイスを受けた。

いまのところ痛みは出ていないが、どうやら左足に体重を乗せづらいことと股関節の脱臼は関係があるようだ。少しでも痛みが出たら安静にするというルールをメンバーと確認しあい、練習はいままでどおり進めることにした。


この冬は、もう一つ大きな動きがあった。クラウドファンディングを始めたのだ。

ことの発端は、インターネットテレビ「AbemaTV」の人気番組『株式会社ニシノコンサル』にマネジャーの北村が出演したことにある。MCのキングコング西野亮廣(にしのあきひろ)氏をはじめとする業界のプロフェッショナルたちが、相談者のビジネスの悩みを解決するというこの番組で、北村は「あの一件以来、乙武のマネジメントの仕方がわからない」と悩みを打ち明けたのだ。「え、そんなに途方にくれてたの?」と申し訳ない気持ちにもなったが、西野氏の提案にはさらに驚かされた。

「こんなにすばらしいプロジェクトなら、クラウドファンディングをすべきです」

西野氏は、義足プロジェクトのクラウドファンディングを立ち上げ、応援してくれる人々から寄付を募るという方法を提案してくれたのだ。

「みんな応援したくなりますもん。だから、その応援したいという気持ちに受け皿を用意してあげるべきだと思うんですよね」

たしかに『ワイドナショー』でこのプロジェクトが紹介されて以来、ツイッターなどを通じて、「何か力になりたい」という声が届きはじめていた。また、義足の開発費などについては文科省から助成金を受けていたが、理学療法士として私の練習につきあってくれる内田氏への報酬など、助成金だけでは賄(まかな)いきれない負担も大きかった。

だが、このタイミングで私がクラウドファンディングの支援者を募ることには、ためらいがあった。

「金儲(かねもう)けをしたいのか」

「また調子に乗ってる」

そんなアンチの言葉が聞こえてきそうだ。私への非難だけならまだしもプロジェクト自体が批判にさらされる可能性もあった。それはやはり、メンバーに申し訳ない気がした。

番組の収録は前年末に行われていた。一月十一日のオンエアまでは少し時間があったので、クラウドファンディングの準備には取りかかったが、最終的にやるかやらないかは少し考えさせてほしいと北村に伝え、年末の休暇に入った。

その間ずっと、私は社会問題を解決するためのNPO法人を運営する友人たちの言葉を思い浮かべていた。彼らはしばしばクラウドファンディングを利用するが、異口同音にその効果を語っていた。

「多くのお金をいただけたことはほんとうにありがたい。だけど、それだけじゃない。クラウドファンディングを通じて、多くの人にこういう社会課題があると知ってもらえたこと、私たちの活動を応援してもらえるようになったことが大きかった」

彼らの言葉は、私を義足プロジェクトに参加する原点に立ち戻らせてくれた。

このプロジェクトの目的は、歩くことをあきらめていた人々に「歩けるようになるかもしれない」という希望を届けることにある。そのためには私が「広告塔」となって、一人でも多くの人にプロジェクトの存在を伝えなくてはならない。

そんな思いを胸に抱く以上、アンチを気にしてためらっている場合ではない。「広告塔になる」覚悟を持ったのなら、それを最後まで貫き通すべきだ。

遠藤氏らにも相談したうえで、私はクラウドファンディングを進める決意をした。放送四日前のことだった。支援に対するリターンには、私のサイン本や「乙武洋匡講演会の開催権」、「義足練習に参加できる権」や「マンツーマンでのお悩み相談権」などを準備した。プロジェクトメンバーにも、「沖野氏の義足体験会参加権」や「ウッチーのストレッチ講座参加権」などを用意してもらった。

一月十二日、『ニシノコンサル』が放送された直後からクラウドファンディングが始まった。目標額は、一千万円。聞くだけでクラッとする、途方もない金額だ。ところが、瞬(またた)く間に支援の輪が広がった。締め切りまで二ヵ月間の期限を設けていたが、七日目にははやくも一千万円に到達。最終的には二千人を超える方々から二千万円を超える支援をいただくことができた。

遠藤氏は、当時をこう振り返っている。

「正直に告白すると、クラファンが始まるまで、乙武さんは義足プロジェクトからいつ下りるかわからないと思っていました。それだけハードな練習なんです。でも、支援が集まると顔つきが変わってきましたね。これだけ多くのみなさんに応援していただいているのに、途中でやめられるはずがありませんし、それは乙武さん以外のメンバーにとっても同じことなんです」

遠藤氏が言うまでもなく、私は引き返せなくなった。真冬にもかかわらず汗だくになるほどきびしい、そして地味なトレーニングからは、正直言って逃げ出したくなることもあった。だが、そうしたときにはかならずクラウドファンディングで支援してくださった方々の存在を思い出し、そのたびに歯を食いしばった。

しかし、そうした頑張りが、少しずつ自分自身を追い詰めていたようだ。

練習はうまくいく日もあれば、うまくいかない日もある。前回は平行棒の外でリズムよく歩けたのに、次の週はうまく足が振り出せずに悪戦苦闘――そんな一進一退の状況が続いていた。

二月七日の夕方。夜の会食までの空き時間を利用して、北村と自主トレを行った。

不調だった。平行棒の間に立ってみたものの、右足がなかなか前に出ない。引きずるようにして前に振り出すが、左足に比べると圧倒的に歩幅が狭い。上半身に力を込めて振り出すと、すぐにバランスを崩してしまう。もしかしたら、平行棒の外に出たほうが歩きやすいかもしれない。そんな淡い期待を抱いてトライしてみたが、わずか二歩目で身体が前に倒れてしまった。まるで成果がないまま、練習を切り上げた。

沈んだ気持ちで夜の会合に向かう。若手経営者が主催するその会では、いろいろな銘柄の日本酒が振る舞われた。多くの方から「義足のプロジェクト、じつにすばらしい取り組みですね」と話題を振られ、「ありがとうございます」と力のない笑顔で応えた。

義足プロジェクトが発表されて以降、お会いする方はかならずと言っていいほど、その話題に触れてくれる。関心を寄せていただくのはうれしいが、この日はそれが堪えてしまった。「プロジェクトチームのメンバーのおかげなんです。僕は何もしていないんです」と口にした言葉は、謙遜でもなんでもなかった。

少し飲みすぎてしまったな……。ベッドに横たわると、時計の針は午前零時をまわっていた。目をつぶっても、夕方の冴えない練習が脳裏に浮かぶ。

「こんなんで、ほんとうに義足プロジェクトを成功させることができるのだろうか」

身体の力を振りしぼって、数メートル進むのがやっとの状態。コンディションが悪いときは、一メートルだってむずかしい。

気がつくと、私はスマートフォンのツイッターの画面を開いていた。投稿画面をタップし、いまの気持ちを打ち込む。

「ベロベロに酔っ払っているから、こんなときだけ吐き出させてください。義足、ちっともうまくならない。来る日も来る日も重たい義足つけて、フラフラになりながら練習してるのに、ちっともうまくならない。みんなに応援してもらってるのに……。なんでだろう。悔しい。ほんとうに悔しい」

ふだんの自分なら絶対につぶやかない弱音が、心の奥からあふれてくる。このまま投稿していいものか、酔った頭でわずかに逡巡した。そして、最後に「明日も頑張る」とつけ加えて、投稿ボタンを押した。その瞬間、私は深い眠りに落ちた。

翌朝、目を覚ますと、たくさんのリプライ通知が届いていた。一瞬、肝を冷やす。炎上するようなことでも書き込んだっけ……。

おそるおそる覗いてみると、そこには激励の言葉がこれでもかと並んでいた。

「乙武さんが歩きはじめたことで勇気もらってる人もいーっぱいいます」

「出来てない時期でも脳はかならず試行錯誤を学習してるので、あまり焦る必要はないかと！」

「乙武さん！　ゆっくり！　ゆっくりです！」

「乙武さんを応援してるみんなの思いが、どうかプレッシャーになりませんように。背負わないで。あくまでも乙武さんのペースで、楽しんでほしい」

もう、目頭が熱くならずにはいられなかった。

義足練習会でのアクシデント

地道なトレーニングが続いていた。片足立ちの「ソファ・トレ」は、苦手な左足でも六十秒を超えられるようになった。おかげで直立したときの姿勢がよくなり、左足に体重を乗せる感覚が前よりもつかめてきた。

姿勢がよくなったことで、前のめりに倒れ込むことも少なくなってきた。ただ、それで長い距離を歩けるようになったかというと、なかなかうまくいかなかった。数メートル歩くと太ももや身体全体に疲労が蓄積し、体力的に限界を迎えてしまうのだ。

この課題を解消するには、「静的歩行」から「動的歩行」へと移行する必要があるという。以前から遠藤氏には「乙武さんは頭で歩いている」と言われていた。その指摘どおり、私は脳内で「左足を前に出す↓左足を接地させる↓左足に体重をかける↓右足を前に出す↓……」というサイクルで指令を出し、肉体はその指令に従って動いていた。だからこそ、一つ一つの動作がどうしてもスローテンポになってしまう。これを「静的歩行」と呼ぶそうなのだが、これでは動作のたびに筋肉に負担がかかり、体力を消耗してしまうのだ。

望ましいのは、こうした動作がアップテンポで流れるように行われる「動的歩行」である。この歩き方なら筋力をあまり使わずにすむという。長い距離を歩くには、どうしてもこの動的歩行をマスターする必要があった。

健常者なら誰もが無意識のうちに行っている歩き方らしいが、私にはそれができない。原因を探ると、体幹の可動域の狭さにあるようだった。健常者の歩行には自然と上半身を捻るような動きも加えられているのだが、私の日常生活には、そういう動きをする場面がほとんどなかった。

そこで、三月に入ると練習メニューに上半身のストレッチが加えられた。私の背後に内田氏が座り、肩甲骨まわりの筋肉をほぐしていく。それが終わると、上半身を右に左に捻っていく。これが「回旋」の動きだ。

次は「側屈」の動き。身体を少しずつ横に倒していき、脇腹の筋肉を伸ばしていく。これも日常生活ではほとんどすることのない動きだ。

「やっぱり硬いですね……。地道にやっていきましょう」

内田氏の言葉に従いながら、私ははじめての感覚を必死に脳に覚えこませようとした。股関節や体幹などを柔軟にすること。両足の動きの左右差を解消していくこと。課題はこの二つだった。そして、そのどちらも、地道なストレッチやトレーニングを重ねなくては克服できないことだった。


三月末、ひさしぶりに新豊洲ブリリアランニングスタジアムを訪ねた。クラウドファンディングに支援してくださったサポーターのみなさんをお招きして、義足練習見学会を開催することになったのだ。三月二十四日と三十一日の日曜日、両日とも十三時からと十五時半からの二回にわたって、それぞれ三十人の方が集まってくれた。

よく考えてみれば、プロジェクトメンバー以外の人たちの前で歩くのは、これがはじめてのことだった。なかには北海道や九州から駆けつけてくださった方もいた。そこまでして応援してくださる思いに、あらためて感謝の気持ちが湧いてきた。

控え室で、北村が両足にシリコンライナーを装着する。その格好で電動車椅子に乗り込み、参加者のみなさんが集うトラックへと向かった。

まずはトラックで全員が車座になり、遠藤氏と私の二人で義足プロジェクトの経緯や進行状況をお話しする。

「これがロボット義足です。いまはまだ膝が曲がらない状態で練習をしている段階ですが、膝の機能をオンにすると、センサーとモーターが膝の動きを助けてくれるようになります。すると、ソファから立ち上がったり、階段を上ったりすることができる可能性が出てくるんです」

遠藤氏の言葉で、参加者の注目が義足に集まった。

「私の身体は、義足で歩くことに関しては三重苦なんだそうです。膝がないから歩行の難易度が高い。腕がないから歩行のバランスがとりにくいし、転倒したら顔から地面に激突してしまう。そして歩いた経験がないから、事故や病気で足を失った人と違って、思い出すべき歩行の感覚がないんです」

私からはそんな話をしたところで、沖野氏と内田氏にも登場してもらい、義肢装具士と理学療法士の仕事について説明してもらった。

沖野氏はメンバーの役割分担を、自動車レースにたとえて説明した。

「遠藤さんがエンジン、小西さんが車のデザイン、僕がシートを作り、ドライバーが乙武さん。そのドライバーの体調管理をサーキットのピットで行っているのが内田さんです」

なるほど、うまいたとえだ。

「乙武さんの股関節や体幹の可動域が広がってきたのを踏まえて、いまは歩く量を増やすことをメインにした練習をしています」

内田氏はそう説明した。

そしていよいよ、義足を装着して歩くこととなった。

ランニングスタジアムのトラックを歩くのは、超福祉展に向けた動画撮影以来じつに四ヵ月半ぶりのこと。この間、自宅のリビングではずっと靴を履かずに練習していたため、ひさしぶりにコンバースのスニーカーで踏みしめるトラックの感触に、私は大きなとまどいを覚えていた。

「ぜんぜん違う……」

思わず声を漏らしそうになる。

トラックのスタート地点で、北村が私の腕を離した。足を振り出そうとする。だが、トラックとスニーカーの摩擦が大きく感じられ、足が前に出ない。スマホを掲げて待ちかまえる人たちも手を下ろし、心配そうに様子を窺(うかが)いはじめた（写真184ページ）。

「ごめん。靴、脱いでいい？」

北村に向かって、そうささやいた。歩くことが最優先だ。私はスニーカーを脱いで、ふたたびトラックに立った。

さあ、仕切り直しだ。ゆっくりと左足を振り出す。上々の出足だ。少しずつ前に進んでいる。

「すごい！」

参加者の声が聞こえる。倒れないことで精いっぱいの私に投げかけられたその言葉が、とてもやさしく響いた。

ところが、三メートルほど歩いたところで体力の限界が訪れた。もう一歩たりとも動けない。

「あ、ダメだ！」

声をあげて前に倒れると、北村に身体を預けた。トラックに腰を下ろすと拍手が起こったが、私としては三メートルしか歩けないことが不本意だった。

休憩のあとは、記念撮影だ。参加者全員に、私やプロジェクトメンバーといっしょに撮影してもらった。およそ三十分の撮影タイムとなったが、じつは撮影のために直立しているだけでもけっこうな運動量なのだ。これだけの長時間立っていること自体がはじめてのことで、最後の撮影が終わって腰を下ろすと、身体が鉛のように重たく感じられた。三十分後に同じ練習発表会がもう一回控えていることが信じられなかった。

こうして、はじめての見学会は滞りなく終わった。疲れているはずなのに、二回目の見学会での歩行距離は五メートル。一回目を上回る記録を残すことができた。

夕方の五時を過ぎたころだった。参加者の方々も家路につき、見学会は無事終了した。私は少し高揚した気分で、帰り支度を始めようとしているメンバーに声をかけた。

「みんなで写真を撮りましょう！」

遠藤氏、沖野氏、内田氏をはじめ、スタッフ全員と撮影をする。

「あ、せっかくだから、一人で立っているところも撮っておこう」

そう言って、私はそのままトラックの中央に立ち続けた。

「いいですね、もうちょっと我慢してくださいね」

カメラマンが構図を変えながら、何度もシャッターを切る。

今日は疲れたな。でも、いい見学会だったな……。

フッと気が抜けた。

「あ、あっ！」

声を発するよりも、身体が前方に倒れるほうがはやかった。目の前に地面がぐんと近づき、頭が真っ白になる。腹部に大きな衝撃を受け、肩が叩きつけられた。私のまわりに誰もいない、エアポケットのような瞬間だった。

………。

ダメだ。

息ができない。

みぞおちを殴られたような衝撃に、くぐもった声を漏らすことしかできなかった。メンバーがいっせいに駆け寄ってくる気配を感じたが、激痛で顔を上げることができない。うつ伏せのまま義足が外され、身体がひっくり返され、仰向けに寝かせられた。ゆっくりと、少しずつ、酸素が肺に入ってくる。飛び出しそうな心臓の音が、徐々に徐々に落ち着いていくのがわかった。

ゆっくりと目を開く。不安を隠しきれないメンバーの顔が並んでいる。

「だいじょうぶです」

そっと起き上がると、私は居心地悪く笑った。

「心配させちゃって、すみませんでした」

病院に行くことを勧められたが、頭を打ったわけではないし、骨にも異常はなさそうだった。ひと晩様子を見たいと伝えて、そのまま家に帰ることにした。

私が去ったあと、メンバー全員で話しあいが持たれ、今後は、どんな場面でもかならず二人態勢で前と後ろを固めることが再確認された。

北村と二人きりの車中は、沈黙に包まれていた。一刻もはやく家に帰って横になりたかった。二回に及ぶ義足練習見学会を終え、さらには初の転倒を経験し、疲れ果てていたのだ。

だが、自宅にたどりつく前に、どうしても伝えておかなければならないことがあった。口にこそ出さないが、北村が誰よりも責任を感じているのは明白だった。このまま何も告げずにいたら、きっと彼はひと晩中、自分のことを責め続けるだろう。

家に到着する間際、私は口を開いた。

「いつか起こることだろう、とは思っていたんだよね」

運転席の北村が「はい」と耳を傾ける。

「義足の練習を続ける以上、避けられないことだと思っていたし、むしろこれくらいですんでよかったとも思ってる。誰のせいでもないんだよ。強いて言うなら、はしゃぎすぎちゃった俺のせい。北村君が責任を感じる必要はないからね」

北村は少しの沈黙のあと、静かに「そうですか」と頷いた。

夜になると、メンバーから続々と私の容態を心配するメッセージが届いた。腹部の痛みは、ほとんど感じなくなっていた。痛みがあるのは肩だけだ。頭から転倒していたら、最悪の事態になっていても不思議ではなかった。どうやらとっさの判断で、頭部をかばって右肩を出したらしい。顔には傷一つなかったし、眼鏡も壊れていなかった。

「こちらこそ、みなさんに心配をおかけしてしまい申し訳ありません。いまのところだいじょうぶそうですが、今夜いっぱい慎重に様子を見てみます」

そうメッセージを送ると、不安な気持ちを押しやって眠りについた。

翌朝、目を覚ますと、おそるおそる起き上がってみた。頭や首に痛みはなく、吐き気を感じることもない。どうやら右肩の打撲だけですんだようだ。

午後には、内田氏が心配して自宅まで様子を見にきてくれた。もし何か異常を感じたらすぐに病院に行ってほしいと言う内田氏や北村とも相談をした結果、一週間後の見学会までは静養を最優先で過ごし、歩行練習やストレッチは行わないことになった。

はじめて歩く姿を公開した、義足練習見学会。
足が前に出なくなったときは、身体が上にひっぱられるイメージを持つようにした。

「大きくなったら義肢装具士になりたい」

転倒のアクシデントから一週間が経ち、あっという間に二日目の義足練習見学会がやってきた。昼過ぎにスタジアムに到着し、義足と一週間ぶりの再会を果たす。転倒したときに外装などが大きく破損してしまったので、修理のため遠藤氏に預けていたのだ。

前回と同じように、控え室でシリコンライナーだけを装着した状態で、参加者のみなさんと対面する。そして遠藤氏とともに義足プロジェクトの進行状況を報告し、沖野氏や内田氏などプロジェクトメンバーとのトークに花を咲かせた。

そして、義足歩行の段となった。スニーカーは履くことにした。いくらアクシデントの直後とはいえ、最初から裸足(はだし)でみなさんの前に登場するのは、私も北村も抵抗を覚えたからだ。

義足を装着し、立ち上がる。当然のことながら、一週間前の転倒がフラッシュバックする。地面がぐわっと近づいてくるような気がして、身体がこわばった。プロジェクトメンバーたちが心配そうにこちらを見つめているのを感じた。

いっこうに歩きだそうとしない私に、三十人の参加者の視線が鋭く刺さった。

「俺は逆境に強い」

そう自分に言い聞かせる。

左足から。ていねいに、慎重に、一歩目を振り出す。思いのほか、いい位置に出せた。次に、右足。一週間前には気になっていたトラックとスニーカーの相性もこの日は気になることなく、右足も前に出た。意外なことに、前回よりもずっと調子がいい。

こうなると、アクシデントのことは頭から消えていく。歩行にもリズムが出てきた。ところが、静養明けのぶっつけ本番ということもあり、前回記録した五メートルを超えたあたりから急に身体全体が重くなってきた。

最後の力を振りしぼったが、ついに「ダメだっ」と前にいる北村に倒れかかった。

「七メートル十五センチ！」

計測したスタッフが興奮したように声をあげると、全員がわっと沸き立った。

残念。自己ベストまで、あと十五センチだった。

奇跡が起きたのは、その日二回目の見学会だった。

つい二時間前の感覚を思い出しながら、慎重に左足を振り出す。そして、右足。スタートはまずまずだ。これまでの練習で内田氏から言われていたアドバイスを意識する。身体の中の軸が、上へ上へとひっぱられるように。

ペンギンのように、体重移動を左右に。

上半身に捻りを加えて身体全体を使いながら足を前に出すと、歩行にリズムが生まれ、テンポよく前に進みはじめた。

こういう瞬間を「ゾーン」と呼ぶのかもしれない。六メートル、七メートル、八メートル、いつの間にか自己ベストを更新していた。しかし、前を歩く北村は、「乙武、もっと歩け」と言わんばかりに、歩いても歩いても私との間隔を開き気味にする。

白く横に伸びるラインが近づいてきた。十メートルラインだ。北村はそこまで私を誘導しようとしているのだ。

全身の疲労は限界に達していた。だが、参加者の声援が、私の黒いスニーカーに力を与えてくれる。白線が近づいてくる。あと少し。

「わあ、すごい！」

参加者の一人が、大声で叫んだ。

崩れるように腰を下ろす。拍手を浴びながら、仰向けに倒れる。熱く重たい身体に、冷たいトラックの感触が心地よい。

「十メートル、ジャスト！」

新記録、達成だ。

私はゆっくりと身体を起こし、周囲を見渡した。

満面の笑みで拍手を送ってくれる参加者、遠藤氏、沖野氏、内田氏、そして北村。彼らのうれしそうな表情を見ていたら、涙があふれるのを止められなくなった。

「遠藤さんと沖野さんがね、義足を作ってくれて……ウッチーが一所懸命に身体の動かし方を教えてくれて。だけど、僕がどれだけ頑張ってもなかなか結果が出なくて……みんなに迷惑をかけていたんです……」

嗚咽(おえつ)で、声が途切れがちになる。

「十メートル、はじめてなんですよ。よく『乙武さん頑張ってますね』って言われるんですけど、そうではなくて……僕が頑張っているんじゃなくて、チームで歩いているんです。それだけは……理解してもらえたらと思います。みなさん、今日はありがとうございました！」

その日いちばんの大きな拍手に包まれながら、私はもう一度、仰向けに寝転んだ。

記念撮影が終わり、予定のプログラムが終了しても、参加者のみなさんも私たちも、なかなかその場を去りがたく感じていた。遠藤氏らプロジェクトメンバーも、参加者に囲まれて話の輪ができあがっている。

私は、一回目の見学会で出会った少女のことを思い出していた。その子は、お母さんといっしょに参加してくれていた。

「お年玉を使わずにとっておいた貯金でクラウドファンディングに参加しました。大きくなったら義肢装具士になりたいんです」

埼玉県の小学六年生、吉海星花（よしかいきらは）さんの話を聞いて、沖野氏と顔を見合わせた。

「テレビの番組で義肢装具士のことを紹介していて、すごい、おもしろそう、大きくなったらこういうことをやってみたいって思ったんです。七夕の短冊にも『義肢装具士になりたい』って書きました」

星花さんは熱心に「どうしたら義肢装具士になれるんですか」と尋ねてくる。

「専門の学校に通って、国家試験に合格すればなれるよ。そうしたら、うちに研修においでよ。なんでも教えてあげるから」

沖野氏はうれしそうに説明していた。

このプロジェクトをそんな気持ちで応援してくれる小学生がいるなんて、想像もしなかった。私たちのプロジェクトが、少女の未来を照らしているのかもしれない。ちょっぴり照れくさいけれど、そんなことを考えていた。

さあ、家に帰ろう。ゆっくり休んで、また明日からの練習に備えなければ。北村とともにスタジアムを去ろうとする私に、沖野氏が声をかけた。

「乙武さん、次回は義手の採型ですよ」

四月から、「乙武義足プロジェクト」は新たなステージを迎えようとしていた。義足に続いて、ついに義手が導入されることになっていたのだ。

義手のソケット作製のため、上腕部の採型を行う沖野氏(左)。

第七章
義足と義手の不思議な関係

パンドラの匣

四月十日。

「おはようございます」

午前十時半、いつもどおり理学療法士の内田氏が訪ねてきた。窓の外では、例年よりもずいぶん遅くまで生きながらえた桜の花が、ようやくその役目を終えようとしている。

この部屋に平行棒が設置されて、まもなく一年を迎えようとしていた。あのころは、ソケットと足部をパイプでつないだだけの短い義足だった。それを履いて歩く姿はドナルドダックのようだったが、いまでは最先端のロボット義足を装着し、身長も百六十センチにまで伸びて人間らしい立ち姿になってきた。思うように上達しない日々には苛立(いらだ)ちを覚えるが、こうして一年間というスパンで振り返ってみれば上々の出来なのかもしれない。

「じゃあ、今日もストレッチから始めましょう」

内田氏の声がけで、私は仰向け（あおむけ）に寝転ぶ。太ももに添えられた手から、少しずつ負荷が伝わってくる。「痛くないですか？」と聞いてくる彼に「だいじょうぶ」「ちょっと痛いかも」などと返しながら、太もも周辺の筋肉を伸ばしていく。

三月からメニューに加えられた上半身のストレッチも入念に行われた。内田氏は私の背後から両手をまわして、胸とみぞおちのあたりを軽く指先で押し込む。彼が「8の字」を描くように上半身を揺らすと、私の上半身もぐねぐねと左右に揺れた。体幹の「回旋（かいせん）」と「側屈（そっくつ）」の可動域を広げることは、来月にも導入される義手を活用した歩行に向けての準備段階と考えられていた。

「だいじょうぶです。このままストレッチを続ければ、乙武さんの上半身はきっと柔らかくなりますよ」

私の肩に手をあてた内田氏は、そう言って励ましてくれた。

ストレッチが終わると北村に義足を装着してもらい、平行棒の間に立つ。三往復ほど歩いたあとで平行棒の外に出るのはこれまでどおりだが、四月になっても右足が突っかかる悪癖はなかなか改善されなかった。

「あっ、ダメだ」

バランスを崩し、情けない声をあげる。左足はスムーズに前に出るが、どうしても右足が出ない。「ソファ・トレ」も続けていたが、なかなかその効果が表れないのがもどかしかった。

原因はわかっていた。体重がうまく左足に乗っていないのだ。左足に体重をかけ、左足一本で立っていられる時間を少しでも長くすることができれば、右足がもう少しスムーズに出てくるはずだった。ただ、脱臼している左の股関節を無意識のうちにかばっているせいか、思いきって左足に体重をかけることができないまま、力任せに右足を振り上げてしまう。これでは「歩く」より「引きずっている」という表現のほうがふさわしい。

ゴールデンウイークが明けると、プロジェクトリーダーの遠藤氏からメンバー全員に「乙武プロジェクト ロードマップ」と題したメッセージが届いた。

「いままでに存在しない、未来の当たり前を作る」という文章から始まるそのメッセージには、各メンバーが果たすべきミッションが記されていた。私のところには「歩くことをあきらめかけている障害者に歩くという選択肢を提示し、社会的弱者に住みやすい社会を示す」とあった。なかなか上達しない歩行練習に心折れかけていたが、あらためてこのプロジェクトの原点に立ち戻ることで闘志がかき立てられる。
「ロードマップ」というタイトルどおり、秋までのスケジュールも書かれていた。
五月～　膝のスイッチをオフにした状態での練習
六～八月　片足で間をとる練習、膝の屈曲方法の体得、バッテリーを外して練習
九月三日　超福祉展で進捗を報告
超福祉展――あの会場でプロジェクトを披露してから、もう半年が経とうとしていた。
今年も、超福祉展での報告会が一つの山場となることが、メンバー一同確認された。

五月十五日。

ついに「義手」が完成した。

私の身体の三重苦の一つ「腕がない」を克服するための練習が始まるのだ。わが家を訪れた義肢装具士の沖野氏が、キャリーケースから二本の義手を取り出した。その義手は、肩全体を覆うソケットからアルミ製のパイプが伸びただけの単純な構造で、幼少期にさんざん義手を使って物をつかむ練習をしてきた私にとっては、「え、これが義手……」と拍子抜けするほどシンプルなものだった。

「あくまでも試作品だと思ってください。歩行が安定するように、手でバランスをとるための義手なので。ちなみに、一本あたり約四百グラムになります」

沖野氏によると、この義手は、パラ陸上四百メートルの日本記録保持者・池田樹生（いけだみきお）選手をはじめ、多くのアスリートが使用しているものと同じタイプだという。池田選手の義足や義手も沖野氏が担当しているそうだ。

「池田選手は、右足は膝下まで、右腕は肘（ひじ）までしかありません。もともとは義足だけで走っていたのですが、三年前、もっと速く走るためには義手をつけたほうがいいと提案しました。義足と義手の相乗効果で記録を更新し続けていますが、乙武さんにもぜひ、義手の効果を体感してほしいと思います」

第三章では、佐藤圭太選手のことを私の「兄弟子」に当たると紹介したが、この池田選手も私の兄弟子ということになる。兄弟子を日本記録へと導いた義手に、私もあやかることができるだろうか。

ところが、この日の練習のことを私はほとんど覚えていない。というのも、義手を振り回しては両手をカチャカチャとぶつけあったり、フローリングの床をトントンと叩（たた）いてみたり、あまりに「義手をつけた」ことによる印象が強すぎて、そのあとの歩行練習のことが記憶に残っていないのだ。

私は、このときの心情を文章にまとめて「note」に公開した。

*

義手といっても、何かをつかんだりする機能があるわけではない。しかし、一年近く義足プロジェクトに取り組むうち、安定した歩行のためには、腕を振ってバランスをとることがかなり重要であることがわかってきた。そこで、棒状の義手を装着することにしたのだ。

この義手はまだ試作品の段階。これからさらに進化を遂げる予定とのことだったが、現段階でかなりフィットしている感覚があり、肩関節を動かすことで、この棒状の義手を自由自在に動かすことができている。

グルグル、グルグル、トントン、トントン。

肩を動かして、目の前にあるものを触る。なでる。叩く――。そんなことを繰り返すうち、私のなかで思ってもみなかった「ある感情」が芽生えてきた。

「ドラムを叩けるな」

ふと、そう思ったのだ。

ツツ、タン。ツツ、タン。ツツ、ツツ、タンッ。まるでドラムを叩いているかのような気分で、両肩を動かしてみた。それに合わせて、棒状の義手が軽妙なリズムを頭の中で刻んだ。

何だろう、この楽しさ。味わったことのない、心が弾むこの感覚。

ただ棒状の義手がついただけで、こんなにもすぐに「やってみたいこと」が心に浮かんだことが、まず驚きだった。

ならば、この先、義手に関節がついて、もし肘を曲げることができるようになったら何を思うのだろう。指の曲げ伸ばしができるようになったら、どんなことがやりたくなるのだろう。空想はふくらんだ。

そして、そんな未来への「ｉｆ」は、私がこれまで生きてきた過去への「ｉｆ」に直結した。私はすぐに思いを巡らせた。

「もし、私に手があったら、どんなことをしていただろう」

真っ先に頭に浮かんだのは、ギターだった。カッコつけたがりで、女の子にモテたい私は、きっとそんな不純な動機からギターを始めていたはずだ。

あとは何だろう。ジャズを聴くのが好きなので、サックスに憧れていたかもしれない。音楽以外はどうだろう。おいしいものを食べることが大好きな私のこと、きっと料理にははまっていたはずだ。それから、若いころ前田知洋さんのような知的でクールなマジシャンに出会っていたら、きっと自分でもマジックを――。

あれ、ちょっと待って……。

「手がある」って、こんなにも無限の可能性を秘めているんだね……。

みんな、こんなにも「選べる」人生を送ってきたんだね……。

それにひきかえ、自分は……。

こんな感情、出会ったことがなかった。そもそも「誰かの人生と比べる」ことなど興味がなかった。しかし、義手を装着したことで、「手がある人生」を疑似体験してしまったのだ。「誰かと比べた」わけではなく、「手がある人生」に触れてしまったのだ。

生まれつき四肢欠損だった私は、手足を「失った」という感覚を抱いたことはなかった。ところが、今回、義手をつけてみて、「手足があれば、あれもできた、これもできた」という「機会損失」に目が向いてしまった。はじめて、自分の手足を「失われたもの」と感じてしまったのだ。

開きかけたパンドラの匣(はこ)を、慌てて閉じた。

このまま開きっ放しにしておいても、いいことなんて何一つなさそうだったから。「失われたもの」にいつまでも心を奪われているのは、あまり生産的ではないし、何より自分らしくない。

そう、やっぱり私は「これから得られるもの」に目を向けていきたい。

ただ誤解のないように伝えておくと、こういう感情に触れることができて、じつはよかったと思っている。それが悲しみだったり嘆きだったり、いわゆる負の感情だったとしても、あらゆる感情を経験しておくことは自分という人間の幅を広げることになる。

だから、今回、こうした感情と出会うことができただけでもこのプロジェクトに参加してよかった、義手をつけてみてよかったと、これは強がりなどではなく、ほんとうにそう思っている。

*

だが、こんな感傷に浸る余裕は、翌週の練習ではすっかり失われることになる。

立つことすらできない

五月二十二日。

私はふたたび、義足と義手を身につけた。

「では、今日も平行棒から」

内田氏はストレッチを終えた私の両脇を抱え、平行棒の間に運んでくれた。足の位置を定めると、二本の義手を広げて平行棒の上に乗せる。

「手、離しますね」

内田氏がそう言って、私の身体から手を離した瞬間だった。

「あ、あっ！」

にわかに下半身のバランスを崩した私は、なす術(すべ)もなく平行棒にもたれかかった。いままでの練習ではけっして起こらなかったことだ。内田氏はとっさに私の身体を支えたが、頭の中は転倒への恐怖心でいっぱいになった。

「義手がついてバランスが変わりました。その状態に身体が慣れていないようですね」

内田氏はそう分析した。

両足に意識を集中させて重心を置く場所を探ったが、うまくいかない。たった四百グラムの重さが両手に加わっただけで、こんなことになるとは思ってもみなかった。

原因は私の特殊な身体にあった。人はまっすぐ立っているとき、普通なら腕は真下に下がるものだが、私の腕は四十五度ほど前方にせり出して、緩やかな「前へならえ」のような姿勢になる。大胸筋などの、両腕の動きをコントロールする筋肉が、日常生活でほとんど使わないために固く縮んでいて、そのため両腕がいつも持ち上がっているというのが内田氏の見立てだった。

しかし、原因がわかったからといって、すぐに身体が言うことを聞くわけではない。あれこれ試行錯誤してみたものの、私はどうしても自分の「立ち位置」を探しあてることができなかった。

「ダメだ。立てない……」

私は情けない声を漏らし、振り出しに戻ったような絶望感に打ちのめされた。

立てないだけではなく、激しい腰痛に襲われるという問題も発生した。前に倒れないように身体を後ろに反らすことで、いつも以上に腰に負担がかかってしまうのだった。

結局この日の練習では、三歩歩くのがやっとだった。義手の先端を北村に持ってもらって歩いたのだが、「気づいてないと思いますが、僕の手には二十キロ近く体重がかかってますからね」と指摘されてしまった。

内田氏が今後の対策を説明してくれた。

「立てなくなったのは一時的な現象で、義手がついた状態に身体が慣れれば、また立てるようになると思います。肩甲骨の可動域が広がれば腕も下がりますから、引き続きストレッチに取り組みましょう。義手に慣れて腕が下がれば、腰の負担も軽くなりますよ」

課題が明確になれば気持ちも前向きになるものだが、そう言われてもまた歩けるようになるのか、不安な気持ちは残ったままだった。

この日は、義足の軽量化も行われた。脛(すね)にあるバッテリーケースからバッテリーが外されたのだ。片足でマイナス四百グラム。またもとのように立ったり歩いたりできるようになればこの減量は利いてくるはずだが、この日はそれどころではなかった。今後バッテリーを使うときは腰に装着し、足に負担をかけないようにすることにした。

五月二十九日。

義手の装着によってバランスを失ってから一週間。暗い気持ちでこの日の練習を迎えたが、それが驚くほど杞憂(きゆう)に終わった。なんのことはない、平行棒の間でも外でも、私はすっかりバランスを取り戻し、義手をつける前と遜色ないくらいには歩けるようになったのだ。依然として右足の出は不十分だが、義手がついたことによる変化を、私の脳はインプットしてくれたようだった。

だが、引き続き肩甲骨まわりの筋肉をはじめとする上半身の可動域を広げることは課題の一つだった。そこで、内田氏の提案でストレッチポールを購入することにした。

かまぼこ型の細長いストレッチポールに背骨を合わせるようにして、仰向けに身体を乗せる。そのまま体重を預けると肩甲骨が広がっていく感じがする。一回五分、一日数回、執筆の合間や外出からの帰宅時などに、ストレッチポールに寝そべるようにした。

義手装着のピンチを脱したことで、私の課題は「右足をスムーズに出す」という一点に集約された。

「左の股関節が脱臼していますね」という、MRI画像を撮影したときの技師の言葉が思い出された。無意識のうちに左足への加重を避けてしまうせいで、左足に体重が乗り切らない。そんな状態のまま右足を出そうとしても、バランスを崩すだけ。頭でわかっているのに身体が動かない。それがなんとも、もどかしかった。

ソファ・トレ、階段トレ、ストレッチポール、それらに加えて、空き時間を見つけてはイメージトレーニングをするようにした。スッと出る左足に続いて、リズムよく繰り出される右足。左、右、左、右——頭の中に思い描く私は、二本足でリズムよく歩いていた。

「成長曲線が絶えず右上がりということはありえません。上昇期って、しばらく停滞期が続いたあとに、突然やってくるものなんです」

練習中、内田氏は何度もこの話をしてくれた。私にモチベーションを維持してほしいと考えていることが痛いほど伝わってきた。だが、若き理学療法士の励ましもむなしく、私の右足はいっこうにスムーズに出てくる気配がなかった。

ところが、梅雨入りして二週間ほどが過ぎたある日、転機が訪れた。

みぞおちで歩く

六月十八日。

梅雨に入ると、肌寒い雨の日が続いた。

「遅くなって、すみません！」

電車が遅れて十分ほど遅刻した内田氏は、少し息が上がり顔に汗が光っている。

「お疲れさま」

私はそう答える。そして、この一週間の体調などについて話をし、内田氏の前にいつもどおり身体を横たえた。

「ストレッチポールのおかげかな、上半身が柔らかくなってきた気がするんだ」

「ほんとうですか、いいですね！」

内田氏は私の股関節に力を加えながら、前日に始まったサッカー南米選手権（コパ・アメリカ）の話を始めた。

「乙武さん、サッカーのコパ・アメリカ観てます？」

「今回は地上波で放送してないんだよね。だからニュース映像くらい」

「初戦はチリに圧倒されちゃいましたね。あんな大差がつくとは……」

「そのなかでも期待の久保建英（くぼたけふさ）は、キラリと光るプレーを見せてたよね」

内田氏も私も大のスポーツ好き。サッカーの話に花を咲かせながらのストレッチは、私の筋肉だけでなく、心までもほぐしてくれた。

「では、起き上がってください」

そう言うと、内田氏は上半身のストレッチに取りかかる。

「むだな力みが取れてきていますね」

そう言って私の右腕を上に伸ばすと、内田氏はこんなことを話しはじめた。

「僕たち理学療法士の間で『仙人』と呼んでいる理学療法界の大先輩が、乙武さんの歩行を動画でご覧になったらしく、『みぞおちで歩けばいいんだ』と言っていたそうなんです。たしかに足の筋肉は胸からつながっているので、一理あ……」

内田氏が話し終わらないうちに、私は「それだ！」と叫んでいた。頭の中で、みぞおちを意識しながら歩いている自分の姿が鮮明に浮かんだのだ。これまでは太ももの力で無理やり右足を振り出すイメージだったが、みぞおちのあたりにグッと力を込める意識を持つと、右足が付け根から前にひっぱられ、そこから先もスムーズに前へ出そうな気がした。

ソウルの空港で山積みにして売られている、高麗人参のパッケージが頭に浮かんだ。太い人参の胴体から細いひげ根が伸びている、あの人参の絵だ。これまでは足そのものをどう動かすかしか考えていなかった。しかし「みぞおちで歩く」という言葉を聞いて、高麗人参の形状を思い浮かべると、あの太い胴体部分に力を入れれば、足に見立てた高麗人参のひげ根が自然に動くのではないかと思えたのだ。

みぞおちに力を入れて、左足を出す。

みぞおちに力を入れて、右足を出す。

うん、はやく試してみたい——。

ストレッチが終わり、義足と義手をつけて平行棒の間に立った。目をつぶり、身体の真ん中のみぞおちに意識を集中する。

そっと、足を振り出した。左足はすんなりと前に出た。いよいよ、問題の右足だ。みぞおちに力を入れて、右足を出す。

「あれっ？」と思わず大きな声を出してしまった。

力いっぱいふんばっても前に出なかった右足が、なんと左足よりも少し前に出ている。

そのまま、みぞおちに力を入れて、左足を出す。そして、右足、左足、右足――。これまでにないリズムで、気がつくと一気に平行棒の端から端までを歩ききっていた。

「いい感じです！」

内田氏も大きな声をあげる。

「みぞおちを意識してみたんだ」

私はそう答えた。

「みぞおちで歩く」ことの最大の利点は、みぞおちに力を入れて身体を捻(ひね)ることで、下半身が連動して自然に動きだすところにある。それまでは、上半身を動かすことと足を動かすことを別々に意識していたのだが、たった一つ「みぞおち」を意識するだけで、上半身と下半身が連動するようになった。これが遠藤氏が言っていた「動的歩行」なのだろう。

「もう一回！」

いまの感覚を、絶対に忘れたくない。私はもう一度、平行棒の間で歩いてみた。

そうだ、やっぱりそうだ。みぞおちを意識すれば、こんなになめらかに歩ける。

ところが、ここで新しい問題が生じた。テンポよく歩けるようになったのはいいが、止まれなくなってしまったのだ。内田氏からは「いまは止まることは気にせず、とにかくテンポのいい歩行を身体に覚えこませていきましょう」と声をかけてもらった。

練習が終わると、ひさしぶりに下腹部の奥のほうが熱を帯びていることに気づいた。以前、内田氏にその症状を訴えたとき、「正しい歩き方をしている証拠ですよ」と言われたことを思い出した。その内田氏の言葉と「みぞおちで歩けばいい」がつながった。

それにしても、ずっと停滞していた私の歩行が「仙人」のたったひと言でここまで劇的に変化するのだからおもしろい。

この日、ふたたび遠藤氏からメッセージが届いた。

「来週以降の練習で、軽いソケット、軽い足部、軽い靴を用意します。いちばんフィットするものを探りましょう。九月の超福祉展を目標に、六月は歩きやすい義足の仕様をフィックス、七〜八月はアップデートされた義足での練習と歩行距離の計測という流れです」

ゴールデンウイーク明けに作成されたロードマップが、より具体的になってきた。

軽量化大作戦

六月二十五日。

義足の軽量化が本格化した。

まずは太ももを包み込むソケット部分から。沖野氏がスーツケースに入れて運び込んだ新しいソケットにはさまざまな修正が施されていたが、素材がプラスチックからカーボンに変わったことで、両足とも三百グラム以上軽くなった。

体重を両太ももの断端（だんたん）で支える構造から、座骨と両太もも全体で支える構造に改められたことも大きな変化だった。太ももがひと回り大きくなったことに合わせて形状も整えられ（写真162ページ下）、右足の断端がソケットにあたって痛かった部分の修正も行われた。

また、膝と足先をつなぐアルミ製パイプのアライメント（位置関係）が調整され、パイプの位置が五ミリ前方に改められた。このほうが体重を乗せやすいだろうという沖野氏の判断だった。

「変化、感じますか」

沖野氏にそう言われ、新しい義足で立ってみる。ソケットはいままでよりもキツい気がしたが、慣れてくれば足の動きがより伝わるだろうと思えた。アライメントの調整についても、体重を乗せる位置がピタッと決まる感じがした。ただ、重量の変化は足先のほうが感じやすいようで、ソケットが軽くなったことによる歩行への影響は、あまりないように思えた。

七月二日。

この日は足首から下の「足部（そくぶ）」の軽量化が行われた。

これまで私は今仙技術研究所（いませんぎじゅつけんきゅうじょ）の「J－Foot」というタイプを使っていたのだが、沖野氏はその軽量版である「J－Foot L」とオットーボック社（ドイツ）の「トライアス」を用意してくれた。足先はソケットと違い、軽くなったことがよくわかった。ただ、ドイツ製はかなりしなやかな作りで、日本製の硬さに慣れていた私にとっては、踏み込んだときの沼に沈んでいくような感覚に違和感を覚えた。結局、これまでの足部の軽量版である「J－Foot L」を選ぶことにした。

片足五百七十五グラムから四百九十七グラムへ。わずか七十八グラム軽くなっただけだが、太ももを包むソケットが三百グラム以上減るよりも、足先が七十八グラム減るほうがぐっと歩きやすくなることを実感した。

ところで、このころの私はひそかにストレスをためこんでいた。義手をつけてバランスを崩し、翌週になんとか感覚を取り戻し、その翌週にソケットが交換され、また感覚の違いにとまどい、その翌週さらに足部が交換され……と毎週のように新しいことが試されていた。わずか四百グラムの義手がついただけで立てなくなってしまうのだ。新しい変化に身体を対応させるのは、なかなか言葉で表しにくい負担を強（し）いられる作業だった。

「少しずつではなく、一気に変えてくれればいいのに……」

喉（のど）まで出かかった言葉を、ぐっと飲み込んだ。

これは私が歩くためのプロジェクトではない。あくまでも多くの方が歩けるようになるための研究であり、私はそのための被験者に過ぎないのだ。一気に変えてしまったのでは、どういう変化がどういう影響を及ぼしたのかという詳細なデータが得られない。やはり、一つずつていねいに進めていくしかないのだと自分に言い聞かせた。

七月五日。

北村と二人で自主トレ。「みぞおち」を意識する前は、足幅が開きすぎないよう、細い一本のライン上を歩くようなイメージでいたが、仙人から「みぞおち」というポイントを学び、さらには軽量化が進むにつれて、その意識も変わりつつあった。

体重をかけることが苦手な左足をベストな位置に接地できれば、右足も自然といい位置に接地できるということに気づいたからだ。左足は、右足にぶつけるぐらいの気持ちで内股気味に振り出し、右足はその勢いのままにあまり意識せず振り出す。左足は「制御」、右足は「放任」――そんなイメージで歩くと、四回に三回くらいの確率で理想の着地点に足が下りるようになってきた。

左、右、左、右――この日もテンポよく、軽快に足が出る。私は少しずつ、「歩くコツ」を身につけはじめたようだった。

七月九日。

内田氏とストレッチをしているところへ、遠藤氏が両手いっぱいに靴箱を抱えてやってきた。バッテリー、ソケット、足部に続いて、この日は靴の軽量化だ。

「とりあえず三種類選んでみました」

そう言うと遠藤氏は、リビングの床に三足のスニーカーを並べた。コンバースの定番モデルである黒いキャンバス地の「オールスター」、黒地の切り返しに白いソールのピープルフットウェアのスニーカー、ミズノの黒をベースにオレンジ色をあしらったランニングシューズの三足だ。

三足とも履いてみることにした。

まずはコンバースから。いままで履いていたコンバースと比べると、片足三百七十五グラムから百九十六グラムへ重さがほぼ半分になった。靴底がとても薄いつくりになっているためらしい。

平行棒の中で歩いてみる。これは軽い。思わず笑みが浮かんでしまうほど、いつもは突っかかる右足が出しやすい。

これで決まりでもいいのではないかと思いつつ、次のピープルも履いてみることに。これは片足百四十八グラムとさらに五十グラム近く軽かったが、足を下ろした瞬間に「あ、ダメだ」と感じた。これまでのコンバースとは靴底の傾斜が異なるのが気になった。慣れれば平気かもしれないが、そこにまた時間を費やすのはもったいない気がした。

遠藤氏はそんな私の感想を興味深そうに聞きながら、三足目のミズノのランニングシューズを準備する。

「オレンジがちょっと派手ですけどね。これも履いてみてください」

黒地にオレンジ色を配したデザイン。靴底も平らではなく、つま先がぐっと上に向いている。これは歩きにくそうだなと思いながら北村に履かせてもらい、ゆっくりと立ち上がる。左足を踏み出し、着地する。

「あれ」

次に、右足。もう、笑ってしまうほどに歩きやすい。三足目のミズノは片足百四十三グラムと数字上も最軽量なのだが、それ以上に着地の感触やつま先が上がっている感じがとてもしっくりきた。このモデルは、「WAVE EKIDEN 11」というそうだ。歩くどころか、走りだしそうなネーミングだ。

平行棒の間でスタスタと歩く私を見た内田氏から、「乙武さん、外に出てみましょう」と声がかかった。義手をつけてからというもの、平行棒の外で歩くことに多少のためらいを感じるようになっていたが、この靴ならいけるかもしれない。

「よし、やってみよう」

意を決し、平行棒の外に出た。北村が手を離し、自分一人で立つ。内田氏は、後ろからいつでも手を貸せるように見守っている。

「あ、あっ！」

左足を一歩踏み出そうとしたとき、ぐらりと揺れて慌てて声をあげた。ヒヤッとしながら、体勢を立て直す。体重がしっかり義足に乗っていることを確認して、あらためて左足を振り出す。

一歩目。いい位置に左足を接地できた。これなら、しっかり体重を乗せられる。大事なのは、ここからだ。右足。思ったよりも軽やかに持ち上がり、左足よりも前に出る形で着地する。「みぞおちで歩く」意識のおかげで、右足が断然スムーズに出るようになった。

左足、右足、左足、右足——次第にリズムが生まれ、スピードが上がっていく。

「あっ、危ない！」

前方によろけた私の身体を、すかさず北村が支えてくれた。

「靴の軽量化、大成功でしたね。こんなことなら、最初からもっと軽い靴にしておけばよかった……すみません」

遠藤氏はそう謝るのだが、そのとき私は思った。これまで履いていた靴は、ある意味、「大リーグボール養成ギプス」だったのではないかと。昭和のスポ根漫画『巨人の星』では、主人公の星飛雄馬(ほしひゅうま)が「大リーグボール養成ギプス」で身体を鍛え、快速球を投げるようになった。片足三百七十五グラムの靴で練習を積み、そこから百四十三グラムの靴へと軽量化を図り、一気に飛躍を……と私たちが盛りあがっていると、まるで世代の違う内田氏だけがポカンとしていた。

トンネルを抜けた。

「疲れさえ出なければ、どこまでも歩ける気がするよ」

調子に乗るとつい大きなことを言ってしまう悪い癖が、ここでも顔を出した。

七月十六日。

靴の軽量化に成功してからというもの、歩行の質が格段によくなった（写真224ページ）。以前よりも理想的なフォームで歩けるようになり、力任せに右足を振り出すことも少なくなった。そのおかげで、疲労もずいぶんと軽減されてきた。とはいえ、何回も歩行練習を続け、少しずつ疲れがたまってくると、やはり以前からの課題だった右足が出にくくなり、床に突っかかってしまう。十メートルを超えて、長い距離を歩けるようになるためには、疲れがたまった状態でも右足が突っかからないようにしなければならない。

私は重たくなった身体を壁にもたせかけながら、疲れがたまってきたときにどうすれば右足が突っかからずに前に出るかを考えた。そして、たった一つだけ頭の中に浮かんだキーワードに頼って、歩いてみることにした。

まずは左足を振り出す。

その勢いのまま、右足を振り出す。

そして、左足、右足。

リズムが出てきたが、やはり疲れが出てきた。右足が重たい。上がらなくなってくる。

さあ、ここだ。ここで試すんだ。

「フンッ」

私はターボエンジンを起動させるかのように、勢いよく前進を始めた。そろそろヘタるころだと予測して私との距離を狭くしていた北村が、慌てて後ずさる。私はあっという間に部屋の端まで歩ききった。

「すばらしい歩きですね！」

内田氏が驚きの声をあげる。

北村に支えられながら、私はゆっくりと床に腰を下ろした。

この日はメディアの取材が入っていたが、目を丸くしたインタビュアーが私に聞いた。

「疲れてきた終盤、どうやって巻き返したのですか？」

私はいたずらっぽい笑みを浮かべて、こう答えた。

「気合です」

「えっ」

「いや、だから、気合です。もう、それしかないと思って」

最先端のテクノロジーを用いたプロジェクトだということは理解している。だが、最後に頼るべきは「気合」。昭和の人間は、どうしても根性論に走ってしまうのだ。

それでも、プロジェクトリーダーの遠藤氏は最後の歩行をほめてくれた。

「いままでいちばんダイナミックできれいな歩行でしたよ」


七月二十日。

今日から夏休みという子どもも多いだろう。梅雨明けももうすぐ、いよいよ蟬（せみ）の声が聞こえてきそうだ。

土曜日だったが午後に北村が来てくれて、一時間ほど自主トレに励む。かなり質の高い歩行ができた。その様子を撮影した動画をプロジェクトメンバー全員に送ると、遠藤氏から「グー」の絵文字が送られてきた。

九月の超福祉展まで、残り五十日を切った。あとは、とにかく数をこなすしかない。

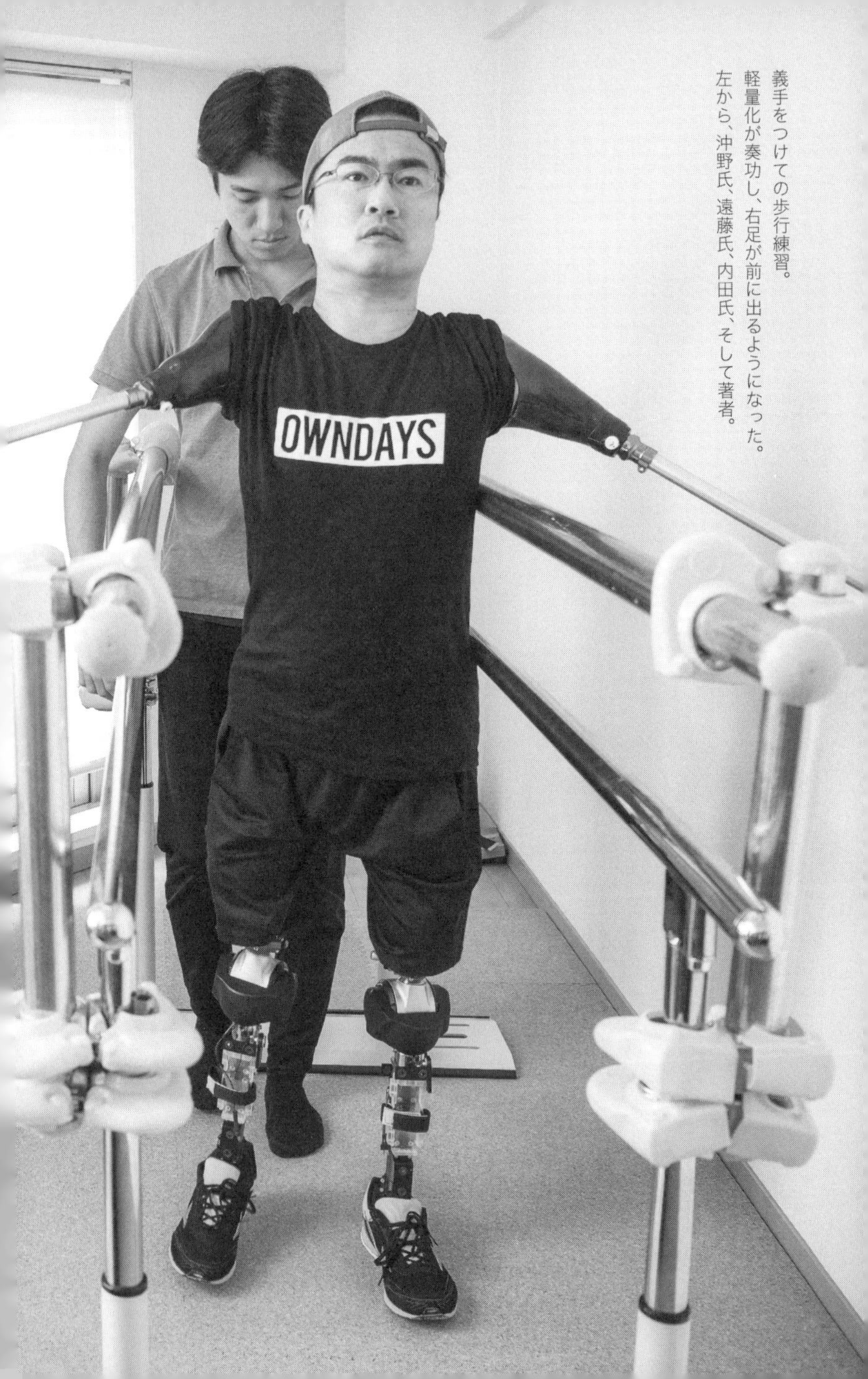

義手をつけての歩行練習。
軽量化が奏功し、右足が前に出るようになった。
左から、沖野氏、遠藤氏、内田氏、そして著者。

BE FREE
Catch of the Day
LEADING EDGE
LEADING EDGE

第八章
みんなで歩いた
「二十メートル」

ステッピング反応

梅雨明けが遅かったせいだろうか、八月になると一気呵成（いっきかせい）に猛暑がやってきた。汗かきの私にとっていちばん苦手な季節だが、そんなことにはおかまいなく、真夏の日々も歩行練習に明け暮れた。

「いい調子ですね」

背後に立つ理学療法士の内田氏から声がかかる。

地道な練習が花開こうとしていた。義足の軽量化が追い風になり、みぞおちを意識して上半身をうまく使いながら足を振り出すことで、歩行スピードが上がり、歩行距離も延びていった。

「あの反応」が私の身体（からだ）に起きたのも、このころのことだった。

前に出そうとした右足が床に引っかかり、後ろに転びそうになって身体のバランスが崩れたその瞬間、左足がさっと後ろに出て、転倒を回避することができたのだ。

「ステッピング反応です！」

内田氏がうれしそうに声を上げた。

「いまの動きをステッピング反応と言います。歩行中、片方の足に体重がうまく乗らずに前後左右に倒れそうになったとき、それを防ごうとする反対の足の動きのことなんですが、うれしいなあ、やっと出てくれましたね」

この動きは、両足のある人なら一歳半から二歳ぐらいで自然に身につくものらしい。私の歩行は、四十三歳の夏にしてやっと二歳レベルに達したということだろうか。


この時点で、私は三つの課題を自覚していた。

まずは、依然として右足が出にくいこと。義足の軽量化によって右足が出やすくなったとはいえ、左足のスムーズさに比べれば明らかに差があった。数メートル歩いて身体に疲労がたまりはじめると、右足が床に引っかかるようになる。もっと左足に体重をかけられれば右足が出やすくなるはずだが、脱臼している左の股関節を無意識のうちにかばってきた私にとって、それはなかなか勇気のいることだった。

次に、歩くスピードが速くなったため転びやすくなったこと。リズムをコントロールしながら歩ける間はいいが、歩行に勢いがつきすぎると突然がくんと倒れてしまう。内田氏はそんな現状を、「自転車の補助輪が取れたばかりのような状態です」と表現した。

三つめは、歩いているうちに呼吸が苦しくなり、体力が尽きてしまうこと。これもスムーズに足を振り出せないために起こる現象で、一歩一歩に体力を必要とすることが原因だった。

だが、そうは言っても夏前に比べれば、ずっと「歩ける」ようになっていた。もちろん、プロジェクトチームのリーダー・遠藤氏が最終目標に掲げる「義足を履いて街中を歩く」を基準に考えれば、まだまだ足下にも及ばないという状況だが、歩行の質やスピードは格段に向上していた。

自宅のリビングだけでは物足りないと感じるようになったのもこのころだ。リビングルームに敷かれたコルクマットの上では、四メートルの直線距離を確保するのがやっと。ほんの一月前まではその距離を歩くにも四苦八苦していたが、私たちはもっと長い距離を歩くための環境を必要としはじめていた。

「いい場所がありますよ」

マネジャーの北村が提案したのは、マンション内にある会議室だった。設置されている長机や椅子を端に寄せれば、八メートルくらいは確保できそうだ。タイルの表面に毛足の短い絨毯(じゅうたん)のような加工を施してある床も、これまで自宅のコルクマットかフローリング、あるいは豊洲のトラックしか経験していなかった私には、うってつけの環境だった。シューズの靴底と床の材質には相性のよしあしがあるのだが、「街中を歩く」ことを最終目標にするのなら、どんな材質の上でも歩けるようにならなければならない。

「乙武さん、板バネ義足には興味がありませんか」

義肢装具士の沖野氏からそう尋ねられたこともある。板バネはアスリートのためのもので、自分とは無縁だと思っていた。ところがそのときの私は、そんな彼の言葉にウキウキと聞き入ってしまった。

「パラ陸上の大会に板バネを履いて出場した場合、乙武さんは両大腿切断のクラスに分類されますが、そのクラスで百メートルを走った日本人男性はまだいないので、もうゴールするだけで日本記録になっちゃうんです」

沖野氏の言葉に、私は「えっ、日本記録?」と大声で反応してしまった。ついつい色気を出してしまうのが私の悪い癖だが、それも「歩く」ことに余裕が出てきたからかもしれなかった。

七月十一日、新豊洲のブリリアランニングスタジアムを訪れた。クラウドファンディングのサポーターのみなさんを対象に義足練習参加会を行って以来、四ヵ月ぶりのことだ。

この日のテーマは、新しくなったシューズの靴底とトラックの相性を確かめることだった。ランニングシューズということもあるのか、靴底はかなり地面を噛むような構造になっていたため、沖野氏がヤスリで削って、適度に滑りをよくする調整を行ってくれた。

胸を張って遠くを見ると歩きやすいということがわかったのも、この日の収獲だった。

この日から、北村には真正面ではなく前方四十五度に立ってもらうことにした。

八月十九日のランニングスタジアムでは、この本の表紙用の写真撮影を行った。

朝から小雨がぱらつくあいにくの天気だったが、私は北村が運転する車で、約束の時間より少し早めに到着すると、義足と義手を装着するため控え室へ向かった。

扉を開けると、人なつこい笑顔が待っていた。

「おひさしぶりです、乙武さん！」

義足デザイナーの小西氏だ。パイプの色がこれまでのシルバーから義足と同じマット調の黒に変更されたのだが、この日は、新しい義手と義足の黒のバランスを確認するために駆けつけてくれた。

部屋の奥では、遠藤氏と沖野氏が義足のアタッチメント（付属品）の打ちあわせをしている。そしてそこに、汗を拭きながら内田氏が現れると、ひさしぶりにプロジェクトメンバー全員集合となった。

「こんにちは。今日も暑いなかお疲れさまです」

「ほんと、湿気がたまんないよね」

内田氏といつものように挨拶を交わすと、ストレッチが始まった。

撮影はトラックのスタート地点で。私の立ち位置が決まると、サポート役の内田氏と北村は、写真に写り込まないぎりぎりの場所に下がった。

「怖（こわ）っ……！」

思わず声が漏れる。

五ヵ月前に転倒したあの日とまさに同じ状況だ。もちろん今回は、私の身体がぐらつけば、すぐに飛び込んでこられる位置に内田氏と北村はいるのだが、どうしてもあの日のことがフラッシュバックしてしまう。

「いい写真が撮れましたよ。次は全員集合でお願いします」

カメラマンの指示で、遠藤氏、沖野氏、小西氏、内田氏、北村が私のまわりに集まる。

とたんに緊張がほぐれていくのが、自分でもわかった。

「乙武さん、笑顔がさっきよりも自然ですね！」

カメラマンの言葉に誘われるように、みんなの笑顔が揃(そろ)った。

この日の歩行練習は四本。三本めまではなかなかよい記録が出なかったが、最後の四本めで十二・八メートルの新記録が出た。十メートルまではなんとかリズムに乗って歩いたのだが、終盤に疲労を強く感じてしまった。息が続かない。体力的なことも考えると、いまの私にはこれが限界のようにも思われた。

二十メートルライン

「乙武さん、ジャリッド・ウォレス選手と会えるかもしれません」

遠藤氏からそんな話を聞いたのは、八月に入ったばかりのことだった。

ウォレス選手のことは第二章で少し紹介したが、二〇一六年リオデジャネイロ・パラリンピックでは男子百メートル下腿(かたい)義足クラスで五位に入賞。翌年七月の世界パラ陸上競技選手権では、二百メートルで金メダル、百メートルでも銅メダルを獲得した。東京パラリンピックでも有力なメダル候補の一人である。

彼は陸上選手だった学生時代に、慢性コンパートメント症候群の診断を受けた。四年間に十二回もの手術を繰り返したが、その間ずっと合併症に悩まされ、二十歳のときに右足の膝下を切断した。しかしその後、板バネ義足をつけて陸上競技に復帰を果たすと、パラアスリートとして頭角をあらわし、実績を積み重ねてきた。百メートルの自己ベストは十秒七一。この記録はリオデジャネイロ・パラリンピックの優勝タイム十秒八一を、〇・一秒上回っている。

彼は、遠藤氏が代表を務める義足メーカーのサイボーグ社と契約を結んでいた。今回の来日の目的は東京パラリンピックに向けての打ちあわせだったが、スケジュールの合間に私の練習を見てくれることになったのだ。

「ナイス　トゥ　ミーチュー」

八月二十七日、ランニングスタジアムを訪れると、ウォレス氏はハリウッドスターのような整った顔立ちに笑顔を浮かべて迎えてくれた。赤とグレーのランニングウェアに板バネ義足を履いた姿は、とてもさわやかで、そして凛々（りり）しかった。

前日の夜に私の動画をチェックしたそうで、私が内田氏のストレッチを受けている間も「いまはどこが伸びているの？」などと話しかけてくる。自分が使っているストレッチ器具を紹介してくれるなど、はじめて会ったとは思えない気さくさがうれしかった。

「立っているとき、背中はリラックスできている？」

そう言われると思い当たる節があった。

「いや、全身に力が入って、こわばってる」

「それなら、お腹に力を入れたときは、背中から肩はリラックスを心がけてみて」

実際にやってみた。

お腹にぐっと力を入れると同時に背中の力を抜く。すると、たしかに上半身がリラックスできて、気持ちの上でも余裕が生まれた気がした。それは、例の仙人のアドバイス「みぞおちで歩く」の半歩先を行く感覚だった。

「もっと歩けるようになりたいなら、よくないフォームで百歩歩くよりも、きれいなフォームで五十歩歩いたほうがいい」

このアドバイスもなるほどと思えた。

私は、この日の練習はすべてウォレス氏の言うとおりにやってみることにした。


トラックのスタートラインに立つ。

内田氏は私の直後、北村は私の右前方四十五度の位置にスタンバイした。私はトラックの先に見える半円形の空間の上方に視線を定め、胸を張って歩きはじめた。

一回め、五メートル。

二回め、八メートル。

なかなか調子が上がってこなかった。例によって右足の出があまりよくない。

二回めの歩行のあとトラックに座り込んで休憩を取っていると、ウォレス氏が近づいてきた。もちろん彼には、私の歩行の弱点が手に取るようにわかるのだろう。

「利き足はどっち？」

そう言われた。

「利き足というのはとくにないかな。ただ、左足に体重をかけるのが苦手なせいで右足が出しづらいんだ」

「左足に乗せる体重をコントロールできない？」

「左の股関節を脱臼しているせいか、うまく体重を乗せられない」

「痛みは？」

私はすぐに答えた。

「痛みはないよ。日常生活には支障がないし、そもそも脱臼していることだって、このプロジェクトでＭＲＩを撮るまで知らなかった」

私の話を聞いたウォレス氏は、三回めの歩行のためスタートライン上に立った私のもとに歩み寄り、力強くこう言った。

「トラスト ユア レフト レッグ」

左足を信じろ、か……。

私はまっすぐに前を見据えた。


このとき私は、三つのことを肝に銘じていた。

一歩ごとの歩幅が広くなりすぎないように。

みぞおちを意識して、肩から背中はリラックス。

そして、左足を信じる。


息を大きく吸い込み、左足から踏み出した。少し歩幅を狭めて着地。

左足の次は右足だ。かなりスムーズに前に出た。自然な感じで着地。

その右足に体重をかけ、ふたたび左足を振り出す。テンポが出てきた。

ここだ。

右足を振り出すためには、左足に体重を乗せなければならない。ウォレス氏の言葉が脳裏に浮かぶ。

「左足を信じろ」

いままでにないぐらいしっかりと体重をかけた。すると、嘘のように次の右足がすっと前に出るではないか。

これまでは、どれだけスムーズに出せたときでも「持ち上げて下ろす」感じがしていた右足が、左足と同じくらい自然に出た。

今度はそのまま右足に体重をかけ、左足を出す。

そうそう、このリズムだ。

しかし、さすがに毎回左足にしっかり体重をかけることはできない。それができるのは、三回に一回ぐらいだったろうか。しかしその「三回に一回」が大きかった。そのぶん疲労が蓄積されにくいのだ。また、左足にしっかり体重を乗せるには、その直前の右足をどのあたりに着地できるかが重要だということもわかってきた。

左足を信じると、リズムよく足が出る。

スピードに乗り、まっすぐ前を見て歩く。

トラックには十メートルごとに白いラインが引いてあった。視線を下げないと目に入らないので、いま自分は何メートル地点を歩いているのかがよくわからなかったが、まわりのざわめきから、なんとなく十メートルを超えたことが伝わってきた。

このまま行けば、十二・八メートルの自己ベスト記録を破れるかもしれない。

だが、そんな「邪念」を振り払うためにも、私は意識を前に向けた。記録を更新したと気づけば、とたんに力が抜けてしまいそうだったからだ。

ここまできたら、歩けるだけ歩きたい。そう思った瞬間だった。

右足を踏み出したとき、ぐらりと身体が後ろに揺れた。するとそこで、例の「ステッピング反応」が出たのである。左足がすかさずフォローし、後ろにステップを踏んだ。グラグラと揺れながらも、倒れまいと交互に踏み込む右足と左足。私はなんとか体勢を立て直し、もとの歩行リズムを取り戻すことができた。

「オッケイ」

後ろから内田氏の声が聞こえた。

だが、このステッピング反応の直前のつまずきが、前触れだったのかもしれない。少しずつ、いつもの疲労感が身体を襲いはじめた。

私はもう一度、三つのことを思い出した。

一歩ごとの歩幅が広くなりすぎないように。

みぞおちを意識して、肩から背中はリラックス。

そして、左足を信じる——。

しかし、疲労とともに少しずつ意識が行き届かなくなっていく。すると、絶妙なタイミングで、内田氏から声がかかる。

「まだいける」

「がんばって」

その声に背中を押されて、前に進む。

だがいよいよ、体力の限界が近づいてきた。急に息が苦しくなり、水中で溺れているような感覚に襲われた。

そのときはじめて、私は視線をトラックに向けた。

二メートルほど先に白線が見える。これはきっと二十メートルラインだ。

あと少し、あそこまで歩きたい。

もう、いっぱいいっぱいだけれど、あのラインは超えたい。

三つのことは完全に忘れ去られ、私はもがくように足を振り出していた。すると、どうしてもスピードが抑えられなくなり、内田氏の「いいペース」と言う声が一段と大きくなった。もちろん頭ではわかっている。わかっているのだが、身体が言うことを聞いてくれない。

もう、あと少し。ここで転んだらおしまいだ。私はなんとか最後の力を振りしぼり、少しだけスピードをゆるめた。

「はいっ、はいっ」

転ばないように、転ばないように、内田氏の声に後押しされて夢中で歩いた。

そして、白線を踏んだ。

「オッケイ」

内田氏の声を聞いた瞬間、一気に身体から力が抜けた。

大きな達成感とともに、私はすぐ前にある北村の胸に倒れ込んだ。

拍手はウォレス氏から起こった。

それにつられるように、その場にいる全員の拍手がトラックにこだました。

「すばらしかったよ」

アメリカからやって来た「特別コーチ」が言ってくれた。

「僕は走るとき、音に注意深くなることにしているんだ。息づかいや足が着地するときの音。だから今日も、オトタケさんの足音に耳を澄ませていた。いま歩いた二十メートルの足音は、それまでの二回とはまるで違う、正確なリズムを刻むものだったよ」

その言葉がうれしかった。

「タイムは一分十五秒です！」

誰かの声が聞こえてきた。

これまでは歩くことに精いっぱいで、タイムを計るどころではなかった。やっとここまで来れたのだ。

そこは、二年前の私には想像もつかない場所だった。


私が歩くことで、障害がある人にもない人にも、希望を届けられたら——。

この二年間、ずっとそのことを考えて「乙武義足プロジェクト」に取り組んできた。もちろん、これからも課題はたくさん現れるだろう。しかし、プロジェクトメンバー全員でたどりついた「二十メートル」は、私にとってもメンバーにとっても、きっと大きな自信になるはずだ。

誇らしいチームだと思う。遠藤氏、沖野氏、小西氏、内田氏、それからマネジャーの北村。彼らの存在なくして、とてもここまで来ることはできなかった。何かをコツコツ続けることが苦手な私が地道に取り組んでこられたのは、彼らみんながいっしょに歩き続けてくれたおかげだ。そして、今日はジャリッド・ウォレス選手にも、感謝の言葉を伝えなくては。

「歩く」ことに、これだけ困難を感じる人は、あまりいないだろう。しかし、「歩く」ことに、これだけ楽しさを覚える人も、あまりいないだろう。そして、「歩く」ことに、これだけ仲間の大切さを教えてもらえるのも、私くらいのものかもしれない。

私たちは、まだまだ、歩き続ける。

7.3m

練習は、
苦しくて、苦しくて、楽しい。

あとがき

これまで三十冊ほど本を出しているのだが、今回ほど「あとがき」を書くのに困難を感じたことはない。エッセイにしても、小説にしても、最後にはもう一滴も残っていないというほど「絞りきった」状態でフィナーレを迎えるのが常だが、今回ばかりはいまだフィナーレを迎えていない。それどころか、私を含めたメンバー一同、何がフィナーレにあたるのか、そしてそれがいつごろになるのかもわからないままに、ただただ全力疾走している状態だ。

もちろん本人たちは全力疾走しているつもりなのだが、実際のところ、その歩みは牛歩のようにゆっくりだ。行きつ戻りつしながら、少しずつ、少しずつ、文字どおり「一歩、一歩」前に進んでいる。

私がこのプロジェクトを進めるなかで、勝手にテーマ曲のように思い、励まされてきた曲がある。六歳の秋、幼稚園の運動会でも流れていた『三百六十五歩のマーチ』だ。

「一日一歩　三日で三歩　三歩進んで　二歩さがる」

まさにプロジェクトの進捗（しんちょく）は、この歌詞そのままだった。ときには三歩進んで四歩さがっているのではないかと感じられるようなこともあった。そんなときは、曲のタイトルに込められた意味をかみしめた。三百六十五歩のマーチ――そう、一年は三百六十五日、一日だって歩みを止めてはならないのだ。とにかく、もがいて、あがいて、歩み続けるのだ。日々、自分にそう言い聞かせてきた。

もうひとつ、支えにしてきた言葉がある。クラウドファンディングに支援してくださった方々を対象とした義足練習見学会に向けて奮闘していた三月の同じころ、日米両国で数々の金字塔を打ち立ててきたイチロー選手がついに引退を表明した。その引退会見は多くの人々の記憶に残るすばらしいものだったが、なかでも私の心に響いたのは、次の言葉だった。

「少しずつの積み重ね、それでしか自分を超えていけないと思うんですよね。一気に高みに行こうとすると、いまの自分の状態とギャップがありすぎて、それは続けられないと僕は考えているので。地道に進むしかない。進むというか、進むだけではないですね。後退もしながら、あるときは後退しかしない時期もあると思うので。でも、自分がやると決めたことを信じてやっていく」

まるで自分に向けて発してくれているのではないかと錯覚するほど、この言葉は私の心に深く刺さった。苦しいとき、何度もこの言葉に立ち返り、幾度となくかみしめ、自分を奮い立たせた。

それでも、あまりに苦しく、不甲斐ない日々に、ふと疑問を抱くこともあった。

「オレ、四十歳を過ぎて、何をやってるんだろう……」

正直に言えば、こんな過酷な思いをすることになるとは思っていなかった。ホテルのティールームで遠藤氏と落合氏から依頼を受けたあの日、私は「ちょっと協力する」程度のことだと思っていた。それが、いつのまにか自宅のリビングに平行棒が持ち込まれ、いつのまにか自宅マンションの階段を三十フロアも駆け上がるトレーニングに汗を流し、いつのまにか体重を落とすために食事にまで気を遣うようになっていた。

「アスリートかよ！」

自分自身にそんなツッコミを入れたくなるようなストイックな生活に一変したのだが、いったい何のためにこんな過酷なチャレンジをしているのだろうと、自分自身、思わず吹き出しそうになってしまうことがないわけではない。

「歩くことをあきらめていた人々に希望を届けるため」

お引き受けした動機はその一点に尽きるが、現時点での率直な気持ちを表すなら、「自分のため」かもしれない。とにかく、楽しいのだ。苦しくて、苦しくて、楽しいのだ。

メルボルンで快適な生活環境と出会いながらも、「取り組むべきこと」が見つけられないからと帰国を決断した私にとって、今回のような苦難はまさに望むところ。越えられそうもない壁に、四十歳を過ぎて目の色を変えて取り組むことができるなんて、こんな幸せなことはない。

私たちのチャレンジは、いまだ夢の途中。どこでピリオドを打てばいいのかも、正直、よくわかっていない。ただひとつ言えるのは、不完全燃焼のまま、ここで終えるわけにはいかないということ。私たちのメンバー一人ひとりが「やりきった」と思えるその日まで、このプロジェクトをあたたかく見守っていただければ幸いだ。

二〇一九年十月

乙武洋匡

乙武洋匡 全著作リスト

1998年

五体不満足

大学3年の秋に著した半生記。600万部のベストセラーになり、13ヵ国語に翻訳された。小学生向けの青い鳥文庫版（2000年）は、武田美穂のイラストも楽しい。講談社文庫版『五体不満足完全版』（2001年）には出版後の思いが第4部として加筆されている。（講談社　単行本、青い鳥文庫、講談社文庫）

1999年

CD BOOK 五体不満足

『五体不満足』を著者が朗読。CD3枚組のフォトブック。（講談社）

2000年

プレゼント

絵・沢田としき。小学生時代のエピソードを絵本に。（中央法規出版）

乙武レポート

大学生活最後の1年、TBSニュースキャスターとしての奮闘を描く。（講談社　単行本、講談社文庫）

2001年

かっくん どうして ボクだけ しかくいの？

C・メルベイユ文、J・ゴフィン絵の絵本を翻訳。（講談社）

ほんね。 OTOTAKE DIARY 2000〜2001

2000年9月〜2001年11月の公式サイトなどでの発言をまとめた。（講談社）

2002年

W杯戦士×乙武洋匡

中田英寿、小野伸二……サッカーW杯日韓大会日本代表の夢と試練を描いた「フィールド・インタビュー」。（文藝春秋）

残像

乙武洋匡が見たサッカーW杯日韓大会全記録。（ネコ・パブリッシング）

とってもだいすき ドラえもん

ドラえもんの絵に詩を寄せた、やさしさあふれる絵本。（小学館）

2003年

65 27歳の決意・92歳の情熱

年齢差65歳、聖路加国際病院名誉院長・日野原重明氏と「人生の選択」を語りあう。（中央法規出版、のち幻冬舎文庫）

しごと。

2001年11月〜2003年11月の公式サイトなどでの発言をまとめた。（文藝春秋）

2004年

Flowers フラワーズ

14歳の画家JUNICHIとの共作絵本。「平和」について考えた。（マガジンハウス）

ちいさなさかなピピ

J・ゴフィン作。ベルギーで人気の文字のない絵本に文章をつけた。（講談社）

年中無休スタジアム

井上康生、秋田豊、安藤美姫、日本シリーズ、高校サッカー……スポーツノンフィクション傑作選。（講談社）

2007年

だから、僕は学校へ行く！

なぜ教育の道を選び、小学校の教師になったのか。（講談社　単行本、講談社文庫）

大人になるための社会科入門
大人になるとは社会に目を向けること。若い世代からのメッセージ。（幻冬舎）

2010年

だいじょうぶ3組
車いすに乗った新任教師・赤尾慎之介が活躍する初の小説。自身が出演し映画化（東宝）された。（講談社　単行本、青い鳥文庫、講談社文庫）

2011年

オトタケ先生の3つの授業
小学校の教師として実際に行った授業を紹介。（講談社）

希望　僕が被災地で考えたこと
東日本大震災発生から50日の被災地ルポ。（講談社）

オトことば。

ツイッターのやりとりから「生きるヒント」を感じてほしい。（文藝春秋　単行本、文春文庫）

2012年

だからこそできること
なぜふたりは前向きに生きられるの？　書道家・武田双雲氏との対談。（主婦の友社）

ありがとう3組
映画化された感動作『だいじょうぶ3組』の続編。（講談社）

2013年

自分を愛する力
「自分は大切な存在だ」と思う自己肯定感をテーマにした新書。（講談社現代新書）

2014年

社会不満足
東浩紀、開沼博、堀潤、津田大介……若手論客8人との対論集。（中央法規出版）

子どもたちの未来を考えてみた
「教育」「福祉」「スポーツ」の3つの切り口で、子どもたちのためにいますべきことを考える。（PHP研究所）

2015年

初歩的な疑問から答えるNPOの教科書
「NPOの活動を支援してみたい」と思っている人に必読の一冊。NPO運営の先輩、佐藤大吾氏との共著。（日経BP社）

One ワン
キャサリン・オートシ作の絵本を翻訳。勇気を出せば、なかよくなれる。ワンは大切なことを発見する。（講談社）

Zero ゼロ
『One ワン』の続編にあたる数字絵本。からっぽの数字ゼロが、自分の長所を見つけ出す。（講談社）

2018年

車輪の上
車椅子ホストの挫折と成長を描いた青春小説。（講談社）

2019年

ただいま、日本
日本を飛び出し世界37ヵ国をめぐる旅へ。あらためて見えてきた自分と日本社会は？（扶桑社）

四肢奮迅
両手両足のない乙武洋匡が歩く！　苦しくて、苦しくて、楽しい「乙武義足プロジェクト」の全貌。（講談社）

乙武洋匡　おとたけひろただ

1976年、東京都生まれ。
1998年、大学在学中に上梓した『五体不満足』は
600万部のベストセラーに。
2000年、早稲田大学政経学部卒業。
その後は、スポーツライター、小学校教諭などを務める。
おもな著書に『だいじょうぶ3組』『自分を愛する力』
『車輪の上』『ただいま、日本』などがある。
現在は、執筆、講演活動のほか、インターネットテレビ「AbemaTV」の報道番組
『AbemaPrime』の金曜MCとしても活躍している。

カバー写真　森 清（講談社写真部）
本文写真　著者提供（5、96、132、161、162、192ページ）
東京都補装具研究所（39ページ）、朝日新聞社（75ページ）
森 清（108、160、184、224、246ページ）
ブックデザイン　寄藤文平＋古屋郁美（文平銀座）
編　集　園田菜々

本書は、Webメディア「note」「FRaU Web（現代ビジネス）」での連載（2019年4～9月）に加筆したものです。

「乙武義足プロジェクト」は、ソニーコンピュータサイエンス研究所が主宰し、JST、CREST、JPMJCR1781の支援を受けています。

JASRAC　出　1911297-901

四肢奮迅（ししふんじん）

2019年11月1日　第1刷発行

著　者　乙武洋匡（おとたけひろただ）

発行者　渡瀬昌彦
発行所　株式会社講談社
〒112-8001　東京都文京区音羽2-12-21
電話　編集　03-5395-3735
　　　販売　03-5395-4415
　　　業務　03-5395-3615

印刷所　株式会社新藤慶昌堂
製本所　大口製本印刷株式会社

N.D.C. 916　254p　20cm　ISBN978-4-06-517668-9